登場人物紹介
カルロス
騎士団の第五部隊長であり、
ジークローヴ公爵家の若き当主。
敵とみなせば冷酷に切り捨てるその姿から
『死神公爵』と呼ばれている。
ルーリアとの結婚は利害の一致で
あったが…？
ルーリア
バスカイル伯爵家令嬢。
出生時に黒精霊からの祝福を受けたことで
家族から蔑ろにされてきた。
カルロスには幼い頃に助けてもらった恩がある。
実は黒精霊を呼び寄せる体質とは
別にある秘密があって…？

ルイス
商人の家系である
ギードリッヒ家の次男。
好青年だがある目的のため、
ルーリアに縁談を持ちかける。
アメリア
ルーリアの妹。
国に富と繁栄をもたらす者
『虹の乙女』と呼ばれている。
伯父夫婦に大切にされて育ったため、
姉より自分が優遇されていないと
気が済まない。

「可愛らしくて、魅力的だからだろ」
「えええっ!?」
すぐさまルーリアは両手で口を塞ぐと、カルロスがふっと表情を和らげた。
「そんな声も出るんだな」

私を殺すはずの公爵様に嫁いだら、なぜか溺愛が待っていました

~妹に全てを奪われた令嬢の幸せな結婚~

真崎奈南

ill. 成瀬あけの

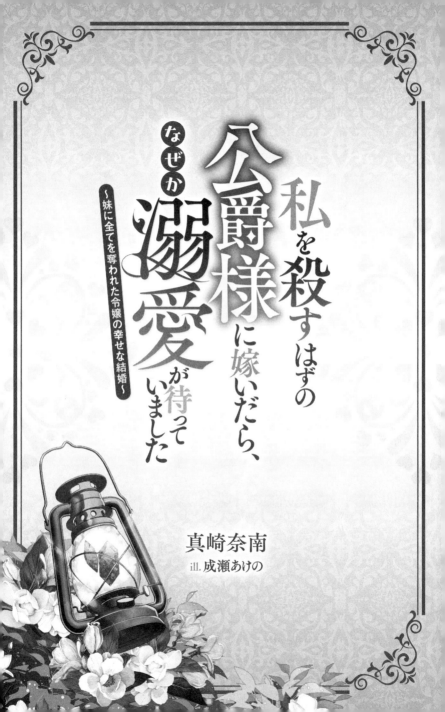

目次

第一章　願っていた再会

精霊たちが住まう、豊富な鉱石を有する霊峰《れいほう》が北部に広がるトゥイルス国。山から流れくる清らかな川のそばには精霊たちと人間が協力し合って繁栄してきたとされる首都のアーシアンがある。

精霊の姿は滅多にお目にかかれなくても、大地の魔力を司る存在とその恩恵を確かに感じながら人々は暮らしている。一方で、精霊でも人々に忌み嫌われている者たちがいる。それは闇の魔力を扱い、人々に不幸を運ぶ黒精霊だ。

＋　＋　＋　＋

月の清らかな光が差し込む部屋の中、アーシアンに居を構えているバスカイル伯爵家にひとつの命が誕生した。

『頑張りましたね。元気な女の子ですよ』

産婆は産まれたばかりの赤子を優しく抱きかかえ、顔色悪くベッドで休んでいた母親の元へと連れて行く。

『……ああ……ようやく会えたのね。愛しいあなたに』

母親は微かに震える手を伸ばし、柔らかな赤子の頬に触れ、目に涙を浮かべた。

自分の腕で抱くべく、母親が産婆から我が子を受け取ったその瞬間、天地を切り裂くかのような激しい雷鳴が響き渡った。

母親と産婆は身を強張らせながら窓へと視線を向けるが、夜空に黒い雲など立ち込めておらず、揃って怪訝《けげん》な表情を浮かべる。しかし、不意に感じた気配にふたりは勢い良く室内の方を振り返り、目を大きく見開く。

室内は月光が当たる場所以外、ところどころランプが置いてあるだけで薄暗い。元々陰っている戸口の手前に黒いモヤが浮遊していて、落雷によってどこかが燃え上がり生じた煤《すす》かと勘違いしそうになるが、すぐにそのモヤの正体が露《あら》わになりふたりは息をのむ。

体の大きさは二十センチ程度、綺麗なドレスを身に纏《まと》った美しい顔立ちの若い女。右足に短い鎖が下がった足枷《あしかせ》をつけている。

『……黒精霊』

恐れ慄《おのの》きながら母親はそう呟いて、我が子を守るように腕の中にいる小さな体をぎゅっと抱き締める。

黒精霊はその様子を感情の読み取れない顔で見つめていた。

やがて赤子が火がついたように泣き始めると、感情の高まりに呼応するように清らかな光がふわりと舞い散った。それは火、水、風など数ある魔力の中のひとつ、光の魔力であった。

黒精霊はふらりと体を揺らした後、黒目がちな瞳でしっかりと赤子の姿を見据える。すると、廊下をこちらに向かって一気に近づいてくる足音がいくつか聞こえ、『なんの音だ！』という怒鳴り声と共に力いっぱい扉が開け放たれた。

まず部屋に飛び込んできた男性が黒精霊を見て、戸口で唖然《あぜん》として立ち尽くす。続けて姿を現した男女も同様に息をのむが、すぐさま攻撃体勢へと移行する。

男女は黒精霊に対して光の波動を放ったが、それよりも数秒早く、黒精霊が煩《わずら》わしそうに手を軽く払い、濃厚な闇の壁を生み出した。

壁の向こうで『黒精霊め！』と男が吐き捨てた声など気にかけることなく、黒精霊は赤子へと向き直ると、小声で呪文を囁《ささや》きながら、爪の長い人差し指を己の口元へ移動させる。

細長い指に口付けをした後、その指先を赤子へと向けて弾くような仕草をした。

空中を滑るように黒い球体が赤子の元へ放たれる。咄嗟《とっさ》に母親が赤子を隠すように抱き寄せたが、時すでに遅く、黒い球体はその力をしっかりと刻み込むように赤子の体内へと吸い込まれていった。

赤子はいっそう泣き喚き、母親と産婆は顔を青ざめさせ言葉を失う。黒精霊は表情ひとつ変えずにその様子を見つめながら、景色に溶け込む様に姿を消した。

闇の壁も消え去ると共に、三人が母親と赤子に駆け寄り、絶望や憤りの顔を浮かべる。

黒精霊の闇の魔力がまとわりついているのを見れば、この赤子、ルーリア・バスカイルが黒精霊から祝福を受けてしまったのは一目瞭然である。

そしてそれは、人々を治癒し穢《けが》れを祓《はら》い、数多くの優秀な光の魔術師を輩出してきたバスカイル家にとって、あってはならぬことだった。

＋　＋　＋　＋

それから十七年が経ち、バスカイル家の敷地内にひっそりと存在する薬草の匂いに満ちた小屋の中、簡素なドレスを身に纏っている色白の女性が、粗末なベッドに腰掛けていた。

腰まで伸びたはちみつ色の髪、それと同じ色の瞳は、修繕が必要なほどに浮き上がった床板部分をただぼんやりと見つめている。

赤子だったルーリアも、あとひと月で十七回目の誕生日を迎える。美しく整った顔立ちをしているが表情には力がなく、ほっそりとした体つきはあまり健康的に見えず、まるで病人のようだ。

庭から聞こえてくる小鳥の囀《さえず》りに耳を傾けていると、砂利《じゃり》を荒々しく踏み締める幾人かの足音が聞こえてきた。ルーリアは反射的に小屋の扉へと視線を移動し、緊張感を抑えるように軽く唇を引き結んだ。

普段この場所には、魔法薬の材料や粗末な食事を運んでくる侍女くらいしか近寄らないのだが、今この場に向かっている人々はおそらく彼女たちではない。

程なくして、入室の断りもなく扉が開けられ、まず入ってきたのはルーリアの父親、アズターだった。

約半年ぶりに見たその姿に、思わずルーリアは口を開きかけた。しかし、続いて父の兄と姉にあたる伯父のディベルと伯母のクロエラが室内に姿を現したため、出かかった言葉を慌ててのみ込んだ。

バスカイル家の当主はディベルであり、光の魔力も歴代の当主たちを上回るほど強く、絶対的な力関係からディベルの行動や発言などへの口出しは許されない。もちろんルーリアにとっても恐れを抱くような存在で、無意識に体が委縮する。

「そろそろ時間だ。準備をしなさい」

前置き代わりの気遣いの言葉すらなく、アズターが用件だけをルーリアに言い渡す。

続けてやって来た三人の侍女のうちのひとりが、多少古めかしいものの上質な生地であつらえてある水色のドレスを持っていた。それを確認して、ルーリアは「はい」と不安に震えながら小さく返事をする。

ベッドから立ち上がったルーリアへと侍女たちが歩み寄ると同時に、アズターとディベルが小屋の外に出た。特に言葉を発する訳でもなくただ淡々と、ルーリアは侍女たちの手によって身支度を整えられていく。

いつもとは違う質の良いよそ行きのドレスに、薄くとも初めて施す化粧。きちんと纏められた髪には、青く輝く魔法石が使われた上品な髪飾りを添え、首からは透明度の高い小さな石のみの簡素なネックレスを下げた。

今日この日でなければ、着飾れることに心も弾んだだろう。しかし、髪飾りからは大きな魔力を、ネックレスの小石からも微弱な魔力を感じ取ってしまい、ルーリアの顔は恐怖と緊張で強張り続けた。

ルーリアは己の存在を覆い隠すかのように大判のストールを肩に羽織り、わずかに小さくて自分の足に合っていない靴をなんとか履いて、クロエラへと体を向けた。

「さっさと行くわよ。何せアメリアの社交界デビューですからね。〝虹の乙女〟としての顔見せも兼ねているし、手に入れられるチャンスはしっかりと掴み取ってもらわないと」

〝虹の乙女〟とは、光の魔力を司る女性たちの最高峰に位置し、国に富と繁栄をもたらし、民に癒やしを与える者のことを指す。虹の乙女として国王に認めてもらうには、能力の高さはもちろんのこと、出生時に精霊から祝福を受けている必要がある。

精霊から祝福を受けるのは、光の魔術師の家系から生まれた赤子が多い。

特にバスカイル家は祖先が精霊と良い関係を築いていたことから、これまで数多くの赤子が祝福を受け、虹の乙女としてトゥイルス国に貢献してきた。その多くが王族の元に嫁ぎ、やがて亡くなり、この国から虹の乙女がいなくなってから百年が過ぎた。そろそろ虹の乙女をと渇《かつ》望《ぼう》の声が上がり始めたところで、精霊から祝福を受けてアメリアが生まれたのだ。

クロエラはルーリアが魔法石の髪飾りをつけていることをしっかり確認してから、身を翻《ひるがえ》して歩き出した。

二歳年下の妹の名前に続いた『社交界デビュー』というひと言に、その点は私も同じなのにとルーリアは心の奥底で思いながら、力なく頷いた。

これからルーリアは、トゥイルス国の王妃の四十七回目の誕生日パーティーに出席するために、アーシアン城へ向かうことになっている。

ルーリアは伯母を追いかけて歩き出すものの、小屋から出る手前でわずかに足を止め、そして、思い切るように勇気を持って外へと踏み出す。

その瞬間、髪飾りが熱くなる。ルーリアは背筋を震わせつつも、歩みを止めぬまま肩越しにちらりと後ろを振り返った。戸口の両脇の壁には、ランプ型の街灯のようなものがつけられていて、ガラスの内側では黒精霊を近づけないための結界となっている球体の魔法石が輝いていた。

ルーリアは落ち着かない気持ちになりながら、あまり手入れが行き届いておらず伸びてしまっている雑草を踏み締めた。

先ほど出てきた小屋より何百倍も大きい伯父家族が暮らす屋敷の脇をぐるりと回って正面玄

関前まで出ると、アズターとディベルが門の近くに停めてある馬車の隣で待っているのを見つける。

ルーリアは靴擦れの痛みを感じながら真っ直ぐそちらに向かい、四人が揃ったところで馬車に乗り込んだ。

ゆっくりと馬車が動き出してから、ルーリアは隣に座っているアズターを無意識にちらりと見た。

（お父様、少しだけお痩せになったかしら）

そんな疑問が頭をよぎるが、自分と目すら合わせようとしない父に話しかける勇気は持てず視線を下げると、ルーリアの向かい側に腰掛けたクロエラが不快そうに口を開く。

「ルーリア、あなたは体が弱くて、今日まで引きこもっていた。余計なことを喋らないように。わかっているわね？」

「はい」

クロエラから念を押されて、ルーリアが顔を上げて小さく返事をすると、今度はクロエラの隣で仏頂面のまま腕組みをしていたディベルがアズターに命じた。

「アズター、挨拶が済んだらすぐにルーリアと会場を出ろ。俺が力を込めた魔法石だから大丈夫だとは思うが、万が一のことがあって、ルーリアのことがバレてはならないからな。お前もしっかりと監視するように」

「わかりました」

父の神妙な声音での返事と、ディベルの〝監視〟という言葉に、ルーリアの心が沈む。しかしすぐに、自分の髪飾りとネックレスの石の重みを感じ取り、心が不安でかき乱されないよう必死に努めた。

(大丈夫。城にいるのは一時だけ。それに、伯父様の光の魔力が込められた髪飾りやネックレスを身につけているのだし、冷静でいることができれば、黒精霊に見つかることなくやり過ごせるわ)

「早く帰ってきて今日の分の魔法薬の生成に取りかかりなさい。作り終えるまで食事は抜きだからね」

「……はい。わかっています」

クロエラから当然の顔で再び念を押され、ルーリアは切なさで胸が苦しくなるのを感じながら、こくりと頷く。

十分ほどで馬車がぴたりと止まり、ルーリアは何気なく窓の外を確認し、ハッと目を大きく見開いた。

到着したのは我が家で、玄関先に止まった馬車の横には母ジェナとアメリアが立っていた。

ひとりで馬車を降りたクロエラに、アメリアは笑顔で駆け寄り、抱きつく。

「伯母様、ご機嫌よう。今日は伯母様は一緒じゃないと聞きました。色々とお話をしたかったのに残念だわ」

「ああ、アメリア。そんな風に言ってくれるなんて、どこまでも可愛い子だよ」

クロエラは嬉しそうに顔を綻《ほころ》ばせながら、アメリアの頭に軽く触れた。

アメリアは髪や目の色こそルーリアと同じだが、艶《つや》やかで柔らかく波打つ豊かな髪は綺麗に結い上げられ、煌《きら》びやかな輝きを放つ髪飾りが気前よく使われている。

そして、体型も痩せすぎのルーリアとは対照的に健康的で、女性的な曲線をしっかりと描いている。

クロエラだけでなく、ディベルもアメリアへ温かで誇らしげな視線を向けているのに気づいて、ルーリアの気持ちがずんと重くなる。

アメリアは伯父夫婦のお気に入り……と言うより、バスカイル家みんなから愛されている。

生まれた時に精霊から祝福を受け、子供の頃より大人顔負けに光の魔力を扱えていたことから、人々に安寧と癒やしをもたらす〝虹の乙女〟になれるのではと期待され、そして半年前、国王に認められ、『アメリアを虹の乙女とする』と大々的に公表されたのだ。

ここ百年現れなかった虹の乙女に妹はなった。片やその姉であるルーリアは、邪悪とされる黒精霊から祝福を受け、人々に災いを引き起こし混乱に陥れる存在になるかもしれず、バスカイル家の侍女たちは妹と比較して〝凍てつく乙女〟と陰口を叩いている。

不意にジェナと目が合うものの、気まずげに視線を逸らされ、そして隣のアズターも相変わらずこちらを見ようともせず、ルーリアの胸が切なく痛む。

（お父様とお母様にとっても、やっぱり私の存在は恥なのね）

そしてもうひとり、ルーリアの存在を疎ましく、それ以上に見下している者がいる。

「……ああ、そう言えば、ルーリアお姉様も一緒の参加だったわね」

クロエラに代わって、花のような笑顔で馬車に乗り込んできたアメリアが、ルーリアに気がついた途端、穢らわしいものでも見てしまったような顔つきとなる。

そして値踏みでもするようにルーリアが身に纏っているドレスやネックレスにしばし目を留めて、わずかに眉間に皺《しわ》を寄せた。そして、質素なものしか与えられなかった姉を小馬鹿にして笑う。

「ねえ、伯父様、もう少しお姉様を着飾らせた方が良かったんじゃない？　これじゃあ、私の引き立て役として連れてこられたってみんな思ってしまうわ」

「実際そうなのだから仕方がないだろ」

ディベルが半笑いで答えると、アメリアは「そうかもしれないけど」と笑みを深めて、伯父の横に腰掛けた。

馬車が動き出すと同時に、アメリアは母と伯母に手を振り、門を出た後は、その手を自分の胸の上に重く。

「王妃様の誕生日パーティーですもの、他の貴族のご子息たちもたくさん出席なさるわよね？」

そわそわとした様子でアメリアが問いかけると、ディベルはこくりと頷いて答えた。

「ああ、もちろん呼ばれている」

「じゃあ、カルロス様もきっといらっしゃるわね！　私が虹の乙女として町で人々の治癒を初めて行《おこな》った時、助けてもらったの。凛々《りり》しくて素敵だったわ。ようやく彼に会えるのね。ねえ伯父様、私をダンスに誘ってくれるように、カルロス様にお願いしてちょうだい」

名指ししたことから、アメリアがカルロスという男性を好んでいるのは伝わってくるが、他人と接することなく生きているルーリアにはそれがどのような男性なのか想像もつかない。

アメリアのおねだりを聞いて、ディベルは顰《しか》めっ面となり、気だるそうに答えた。

「カルロス・ジークローヴか。ジークローヴ公爵家の若き当主で、非常に有能な男だと言われているが、あいつは駄目だ。黒精霊の気配に敏感でバスカイル家の汚点に気づかれる可能性がある。だからふたりとも、特にルーリアは絶対に近づくな。それに、アメリアが踊るべきなのは〝死神公爵〟なんて呼ばれているあいつではなくシャルード王子だ」

「カルロス様はとってもお強いだけなのに、死神公爵だなんて不名誉な呼び名ね」

「俺はぴったりだと思うが。精霊だろうと誰だろうと、敵とみなせば躊躇《ためら》いなく命を奪いに来る。昔、一家は襲撃に遭ったが、生き残ったのは彼と妹のみ。彼の傍らには闇の者の屍《しかばね》が積み上がっていたと聞いている。死の臭いがする男はアメリアに相応しくない」

普段は何事にも甘い伯父から、きっぱり駄目と言われてしまったアメリアが、怒りをぶつけるようにルーリアをぎろりと睨《にら》みつけた。

「……まったく、どこまで不快にさせるのよ」

その眼差しから、それもこれも我が家の汚点であるあなたのせいと心の声まで伝わってきて、ルーリアは表情を強張らせた。

「でも伯父様、ルーリアお姉様だけがカルロス様に近づかなければ良い話ではなくて？」

どうしても諦めきれないアメリアがディベルに食い下がるのを遠くに聞きながら、ルーリアは俯《うつむ》いて物思いに耽っていく。

（他の貴族のご子息たちも参加するというのなら……あの時の彼もいるかもしれない）

頭に思い浮かべたのは十年前、ルーリアが七歳の時に出会い、助けてもらった名前も知らない彼のこと。

（彼は身なりからして貴族の子で間違いないし、年齢もたぶん私より少し上くらい。もしまた彼に会えたら……言葉を交わすことが許されるなら、あの時助けてくれたお礼を言いたい）

心が熱くなる反面、それは不可能だろうこともルーリアはわかっていた。

城に着いた後も、もちろん行動は制限され、王妃への挨拶が済めば、すぐに会場を後にすることになる。短時間で朧《おぼろ》げな記憶を基に大人になった彼を見つけ出すことは難しいだろうし、仮に見つけられたとしても、ディベルとアズターの目がある限り話しかけることなどできないだろう。

ふと町の裏路地に続く暗がりの中に、黒い影を纏い、魂の抜けたような表情を浮かべている小さな精霊の姿が空中に浮いているのを見て、ルーリアはぎくりとし慌てて視線を逸らした。

(黒精霊。大丈夫、こっちを見ていなかったもの。私に気づいてないわ)

一般的に黒精霊は、人々の強い憎しみや恐れ、そして闇の魔力に引き寄せられて姿を現すとされている。普段は伯父の光の魔力で施された結界の中にいるため、黒精霊の目に映らず過ごせているが、今は結界の外にいる。髪飾りのサファイアが魔法石となっていて、そこに魔力が込められ結界の役割を果たしているのだが、それだけでは決して万全だと言えない。

(黒精霊や闇の魔術師たちに捕まりたくない……そうよね。黒精霊から祝福を受けた私なんかが、浮かれる資格なんてないわ)

黒精霊や闇の魔術師に捕まれば、心の闇を刺激されて意識を乗っ取られ手下にされてしまう。闇に引き込まれた人々は穢れ者と呼ばれていて、暴力を振るったり、闇の魔力を使って人を殺める手伝いをさせられたりする。

まるで生き地獄のような酷い扱いを受けると、伯父夫婦に子供の頃から言われているため、ルーリアは顔を青ざめさせ体を震わせた。

黒精霊の姿が目についてしまったのは、ほんの一瞬でも心を浮つかせたことに対する自分への戒《いまし》めだったような気持ちになり、ルーリアの目にわずかに涙が浮かぶ。

(私は余計なことなどしちゃいけない。王妃様への挨拶をすぐに済ませて、たったひとつの居

場所に戻ろう）

カルロスの件でなかなか首を縦に振らないディベルにアメリアが痺《しび》れを切らし、アズターにもお願いし始めたところで、馬車は幅広の跳ね橋をゆっくりと進み、城の敷地内へと入っていく。

（これがアーシアン城。なんて美しいの）

真っ白な城壁にたくさんの窓が並び、四方に高く聳《そび》える塔は鋭く天へと伸びている。

まるで物語に出てくるかのような城の壮麗さを目の前にしてしまうと、自分を律したばかりのルーリアも心が逸るのを止められない。

停まった馬車からまずはディベルとアメリアが、続いてアズターも重い腰を上げるようにして降りた。ルーリアも羽織っていたストールを座席に畳み置いてから、そわそわしながら地面へと降り立ち、改めて優美なアーシアン城を見上げて圧倒されるように息を吐く。

「行くぞ」

ディベルのひと言で、四人は馬車を降りた順に連なるようにして歩き出した。

これまでの道中もそうだったが、門の内側にも多くの馬車が止まっていて、招待された貴族たちの談笑する姿が至るところに見える。

ついルーリアは記憶の中の彼を追い求めて周囲を見回してしまうが、人が多すぎるのと、前の三人の足の速さに追いつくのがやっとで、迷子になって黒精霊に会っては大変だと彼を探すのを早々に断念した。

城内に入ると、ディベルとアズター、そしてアメリアに気づいた貴族たちが次々と声をかけてくる。

挨拶もそこそこにすぐに彼らは自分の息子をアメリアに紹介しようとするため、〝虹の乙女〟として注目を集めている娘を嫁にもらえるかもと期待しているのが丸わかりだ。

もちろんディベルはそんな彼らを「我々、王妃様へのご挨拶が済んでおりませんので、また後ほど」と冷たくあしらい、すぐに先へと歩き出した。

傲慢《ごうまん》にも思えるディベルに対し、貴族の男たちは揃って苦虫を潰したような顔をし、息子たちはアメリアへと名残惜しそうな視線を送る。

そんな彼らの視線が自分に向き、話しかけられるよりも先にルーリアは慌てて顔を伏せ、父親の背中を追いかけた。

大階段を上り、多くの柱がある広い廊下を突き進み、会場となっている大広間に足を踏み入れた瞬間、ルーリアは思わず息をのむ。

大広間は伯父の屋敷の居間より何十倍も広く、奥へ奥へと続いている。天井からはいくつものシャンデリアが下がっていて、煌びやかな光の下で、多くの貴族たちがグラス片手に立ち話をしていた。人々の隙間の向こう側に食事が並んだテーブルがいくつも置かれており、みずみずしい果物が人の背よりも高く積み重ねられているのも見えた。

そして、大広間の端には階段があり、その先の壇上に薄紫色のドレスを身に纏った綺麗な女性が座っている。

女性の元には挨拶の順番を待つ列ができていることから、品の良さが漂う彼女こそが王妃で間違いないと判断がつき、自ずとルーリアの心に緊張が湧き上がる。

（気を引き締めないと。王妃様の前で絶対に失敗できないもの……もし失敗したら……）

ルーリアも光の魔力を扱えるが、黒精霊から祝福を受けてしまったせいか、子供の頃からずっと魔力が不安定なままだ。そのため、絶望や憤怒といった激情を心に宿した時はもちろんのこと、意図せず光の魔力が高まって暴走してしまうこともあり、これまで繰り返し伯父の結界を打ち破ってしまっていた。

光の魔力の増幅に反発するように、祝福によって刻み込まれた闇の魔力も一気に大きくなり、ルーリアを取り込もうとしたり、黒精霊たちを呼び寄せたりしてしまっていた。

屋敷の裏庭でならまだしも、このように人目のある場所で力を暴走させ、黒精霊まで姿を現してしまったら、ルーリアが黒精霊から祝福を受けていることが知られてしまう。今まで必死に隠していたことが公になれば、バスカイルの名に泥を塗ることになり、伯父夫婦からひどく怒られることになるだろう。

何より、王妃の祝いの席を台無しにしてしまったことで国からなんらかの責任を問われ罪に処されることだってあるかもしれない。ルーリアは不安と恐れを心に抱きながら前を行くディベルとアメリアの後ろ姿をじっと見つめた。

人々の間を縫《ぬ》うように進んでいた時、大広間の脇に控えていた楽師たちが楽器を奏で始め、談笑していた人々がそれに合わせて一気に動き出した。

身近にいる男女でペアを組み、軽やかにダンスが始まると、グラスを持っていた人々が場を空けるように脇へと移動する。

その流れをうまくかわせなかったルーリアは、よそ見をしている貴族男性に勢い良くぶつかられた。

「きゃっ！」

小さく発した悲鳴と共に、弾き飛ばされる形で床に倒れ込みそうになったが、すんでのところでルーリアの腰に手が回され、逞《たくま》しい腕によって力強く引き寄せられる。

「すっ、すみません。ありが……」

ルーリアは自分を助けてくれた相手へとすぐさま視線を上げて謝罪するが、それに続くはずだった感謝の言葉は最後まで紡げなかった。

助けてくれた相手は黒い騎士服を身に纏った男性だった。艶やかな黒髪に強い輝きを宿した碧《あお》い瞳、すっと通った鼻筋に形の良い唇など、整った顔立ちは目を奪われるほど美しい。

しかし、ルーリアの鼓動を高鳴らせたのは、彼の見目麗しさだけが理由ではなかった。

（に、似てる。あの時の彼に）

十年前、その身を挺《てい》して黒精霊から救ってくれたあの幼い彼の面影が、目の前の男性にしっかりと重なったのだ。

「……大丈夫ですか？」

ルーリアがあまりにもじっと見つめていたからか、彼が少しばかり顔を強張らせながら問いかけてくる。

そこでルーリアは慌てて頷いて、彼から視線を逸らしたが、むくむくと懐かしさが湧き上がってきて、嬉しさで胸が熱くなるのも我慢できず、盗み見るかのように再び彼を見上げた。

（本当に彼なの？）

似ていると感じても確信は持てず、それならば本人かどうかを確認しようと考えるものの、話を切り出す勇気がない。

（もし本人だとしたら、私のこと覚えてくれていたり……しないわよね）

相手の反応に期待を寄せてみるが、ルーリアを見下ろす彼は無表情に近く、そこからなんの感情も読み取れない。

「ルーリア！」

場に割り込むかのようにアズターの声が響き、ルーリアがハッと息をのむと同時に、やや手荒に腕を引っ張られ、男性から引き離される。

「娘が何か迷惑をおかけしたようですね。失礼しました」

大急ぎで戻ってきたのか、ルーリアの腕を掴んでいるアズターの息が弾んでいる。

彼は「いいえ」とアズターの問いに軽く首を振って答えた後、気にかけるように改めてルーリアへと目を向けた。彼と目が合ったがそれは一瞬の出来事で、すぐさまルーリアの視界を遮るようにアズターが目の前へと一歩踏み出してくる。おまけに「下がれ」と言わんばかりに、アズターが肩越しにルーリアへ視線を向けてきた。

(私が誰かと喋ったりして、その人の記憶に残るような行動を取らせたくないのね)

ルーリアは自分に向けられた厳しい眼差しから父の考えを読み取る。そして、ちくりと痛んだ胸を手で押さえながら俯いて、唇を噛んだ。

(彼と話したかった。でもチャンスはあったのに勇気を出せず、それを逃してしまったのは私だわ。もう諦めるしかない)

アズターの求めに応じて、ルーリアが静かに後ろへさがろうとした時、背後から「どいてちょうだい」と焦りを含んだ声が聞こえてきた。

振り返ると、男性たちをかき分けるようにしてこちらに向かってくるアメリアと、その後ろに「アメリア、待ちなさい！」と彼女を追いかけるディベルの姿があった。

アメリアは心なしか嬉しそうにも見えるが、ディベルのひどく強張った表情から激怒される予感を覚え、思わずルーリアは身構える。

「カルロス様！　お会いしたかったです！」

突き進んできたアメリアはルーリアなど視界に入っていない様子で足早に目の前を通り、男性へと飛びつくように抱きついた。その光景を目の当たりにしたルーリアは唖然とする。

「私です。アメリア・バスカイルです。先日は危ないところを助けていただき、ありがとうございました！」

「……ああ、あの時の。仕事なので礼には及びません。それよりも、後日回復薬を私の部隊に、しかもあのように上質なものを数多く贈ってくださり、改めてお礼申し上げます」

回復薬と聞き、もしかして自分が作ったものかとルーリアは反応する。しかし、上質なものと続いたことで、いつも低レベルな魔法薬しか作れないとクロエラから罵倒《ばとう》されているルーリアは、自分の手によるものではないと理解し俯く。

カルロスの視線がルーリアに向けられたため、アメリアは気を引くように彼の腕を掴む手に力を込めた。

「あれらは私が作りました。カルロス様のお役に立てたのなら幸いですわ。こうして再会できたのも強い縁があってのことですもの。ねえカルロス様、私をダンスに誘ってくださらない？」

「すみませんが、今日私は招待客ではなく、騎士団のひとりとしてここにいますので」

アメリアは甘えた声で擦り寄ろうとしたが、彼は表情ひとつ変えずに素っ気なく言葉を返し、さりげなく身を引いてアメリアから距離を置いた。

（……よりによって、彼がカルロス・ジークローヴだなんて）

馬車の中でアメリアの口から飛び出した名前と一致していることから、彼がその人だと断定する。同時にディベルに『黒精霊の気配に敏感』とか『死神公爵』などと言われていたのを思い出し、ルーリアの目の前が失望と共に暗くなる。

(ずっと会いたかったのに、彼は会ってはいけない人だったのね)

伏せがちだった視線を上げた瞬間、ルーリアはカルロスと目が合い、ぎくりと息をのむ。

自分を見つめる彼の眼差しが、何か探るような色合いを帯びている気がしたからだ。このますべてを見透かされてしまうのではと怖くなり、ルーリアが無意識に後退りした瞬間、カルロスが素早く距離を詰め、ルーリアの腕を掴んだ。

カルロスは厳しい面持ちのまま、何か話しかけようとしたが、ルーリアの顔が青ざめていることに気づくと、「すまない」と呟き、慌てて手を離す。

わずかに動揺している様子のカルロスへと、アメリアが「カルロス様」と近づこうとする。しかし、すぐさまアズターが、アメリアの動きを手で制しつつ、再び自分の背にルーリアを隠すように移動するとカルロスに軽く頭を下げた。

「カルロス部隊長、我々、王妃様へのご挨拶がまだですので、これにて失礼します」

アズターがカルロスに告げると同時に、ディベルがルーリアの腕を掴んで歩き出す。

「ちょっと、お父様!」と納得がいっていないアメリアの叫びを背後に聞きつつ、ルーリアは伯父に手荒に引っ張られ、カルロスから逃げるように歩き出した。

「まったく、よりによってあいつと接触するなんて。気づかれでもしたらどうする」

「すみません」

少しばかり気落ちしながら、ルーリアは伯父の背中に向かって謝罪の言葉を紡ぐ。

王妃への謁見《えっけん》の列ができている階段のところまで足を進め、最後尾に並んだところでようやくディベルが腕を離し、ルーリアは小さく息を吐いた。

すぐにアズターとアメリアも追いつき、アメリアは当然のようにルーリアを追い越して、伯父の隣に陣取った。

「もっとカルロス様とお話ししたかったわ」

「アメリア、お前はシャルード王子に顔を覚えてもらい、親しくなるのが最優先だ」

やれやれと言った様子でディベルに釘を刺されるものの、アメリアはそれをさらりと聞き流し、やって来た騎士団員と何やら言葉を交わしているカルロスを熱い視線で見つめる。

不意にカルロスが自分を見つめ返して来た気がしてアメリアは一気に顔を綻ばせたが、やがて彼の視線は隣にいるルーリアに向けられているのに気づき、膨れっ面となる。

「お姉様はカルロス様といったい何を話していたのよ。色目でも使ったわけ？　小賢しいわね」

「……大したことは話していません」

ルーリアが必死に首を振って否定するのに続いて、ディベルもカルロスがこちらを気にしているのを見て、小さく舌打ちをした。

「ルーリアのこと、気づかれたか？」

「どうかしら。私には彼が警戒しているようには見えなかったけど」

「とにかく予定通り、王妃様への挨拶が済んだら、さっさと会場を後にしろ」

ディベルのひと言でルーリアは怖くなり、カルロスの方を見られず視線を下げる。一方で、アズターもカルロスの眼差しから刺々しさを感じられず、アメリアの意見に同意するように小さく頷いてから、ディベルに対して「わかっています」と硬い声音で返事をした。

「そうよ。早くここからいなくなってちょうだい。そうすれば、私がどれだけカルロス様とお話ししたって許されるはずだもの」

腹いせのようにアメリアからじろりと睨みつけられ、ルーリアは居た堪れないように体を小さくした。

ゆっくりと列が進んでいき、やがてルーリアたちの挨拶の番がやって来る。

王妃の前にアメリアとルーリアが並んで膝をついて頭を垂れると、ふたりの両脇からディベルとアズターが揃ってお辞儀をする。

「王妃様、本日はお招きいただきありがとうございます」

ディベルが胸元に手を添えながら恭《うやうや》しく述べると、王妃は嬉しそうに微笑んでルーリアとアメリアに声をかけた。

「あなたたちに会えるのをとっても楽しみにしていたのよ。顔を上げてちょうだい」

そう求められ、アメリアは満面の笑みで堂々と、ルーリアはおどおどしながらぎこちなく顔を上げ、「王妃様、お誕生日おめでとうございます」とほぼ同時に祝いの言葉を発した。

「……確か、ルーリアとアメリアだったわね。アメリアはアズターに、ルーリアはジェナに似ているわね。ジェナの体調は大丈夫かしら？」

「はい。妻は体調が優れなく参加できずすみません。この良き日に、妻に代わって王妃様に心からの祝福を」

「ふふふ。ありがとう。早く良くなることを祈っているわ」

（王妃様は母のことを知っているの？）

ルーリアは王妃と父のやり取りを驚きの顔で見つめていると、それに気づいた王妃がルーリアと同じような表情を浮かべる。

「あら、もしかして知らなかったのかしら？　ジェナと私は幼馴染《おさななじみ》なのよ」

「いやいや、もちろん知っていますとも！　なあ、ルーリア」

「はっ、はい！」

アメリアの隣に立っているディベルから素早く言葉を挟まれ、察したルーリアは頷きながらそれに続く。ルーリアにとっては初めて聞く事柄だったが、どうやらバスカイル家では周知の事実らしい。

王妃は「そう」と短く呟いてから、改めてルーリアに視線を留めた。

「体が弱いとは聞いていたけれど、こうして社交界デビューできたということは、もう大丈夫なのかしら」

「前よりは幾分良くなりましたが、なかなか」

ルーリアへの問いかけの返答がディベルから返ってきたため、王妃はほんの一瞬真顔になりつつも、そのままルーリアへと話しかけ続けた。

「ルーリア、今度お茶会に招待するから、ジェナと一緒に参加してちょうだい」

「……承知いたしました」

物言いたげなディベルと目が合い躊躇いも生まれるが、王妃の誘いを断ることなどできるはずもなく、ルーリアは深々と頭を下げた。

「そのドレスにネックレスも、よく似合っているわね」

「あっ、ありがとうございます」

「そうだわ。疲労回復の効果があるとされるグラッツのパイとジュースを召し上がっていって。特別に、私の好みの味にしてもらっているの。絶対食べて行ってね」

「は、はい」

矢継ぎ早に言葉を並べられ戸惑っているルーリアへと王妃は小さく笑いかけ、続けてゆっくりとアメリアへ視線を移動させる。

「アメリア、あなたは虹の乙女としてバスカイル家を背負って立つことになった。もちろん我が国にとっても心強い存在よ」

ルーリアへの言葉を興味なさそうに聞き流していたアメリアだったが、優しく名前を呼びかけられた途端、目を輝かせて王妃へと顔を向けた。

「あなたが作る様々な魔法薬は高品質でとても評判が高いと聞いています。いつ何時でも、どれだけ量が多くても、しっかり求めに応じてくれるからありがたいとも。アメリアだけでなく、ルーリアも一緒に作っているのかしら？」

「いいえ、王妃様、今魔法薬を作っているのは私ひとりです」

ルーリアが口を開くよりも早く、アメリアが胸を張って答えた。

「まあそうなのね。あれだけの量をひとりでなんて、アメリアの魔力量の多さには驚かされます。さすがですね」

王妃からの褒め言葉にアメリアは笑みを深めて、「恐れ入ります」と誇らしげに返事をした。躊躇うことなく飛び出したアメリアの言葉にルーリアはしばし茫然とする。そして、腑《ふ》に落ちない気持ちをぐっと堪えるようにわずかに唇を噛んで俯く。

王妃の落ち着いた声にアメリアが明るく弾む声で返し、時折ディベルとアズターが口を挟んだ。もちろんその会話にルーリアは交ざることなく、ただ黙って聞いていると、王妃の後ろに控えていた執事が「そろそろ」と声をかけた。

「バスカイル家の光の魔力は、他国にも誇るべき大きな力です。若いふたつの力が、トゥイルス国をより良い未来へと導いていくことを心より期待しています」

最後に贈られた言葉が心に深く染み入るのを感じながら、再びルーリアはアメリアに合わせる形で頭を下げ、「恐れ入ります」と言葉を返した。

四人はゆっくりと壇上を離れた。階段を下りて王妃から十分に距離をとったところで、アメリアがルーリアを睨みつける。

「なんだか納得できないわ。どうしてお姉様だけお茶会に誘っていただけたの？」

そう怒りをぶつけられても、ルーリアに王妃の心のうちはわからず、顔を強張らせるだけで何も言葉を返せない。

「……あれは、アメリアも含めた三人に対してかけられた言葉であろう。まあどちらにせよ、ルーリアは参加することはないのだし、ジェナと共にアメリアが行くことになる」

そう信じて疑わない様子でディベルが述べ、続けて肩を竦《すく》めてみせた。

（そうよね。私はきっともう、屋敷から出ることはない）

わかっていたはずなのに虚しさを覚えたのは、また王妃様と会って話ができるかもとか、母親と一緒に初めての外出ができるかもなどと、少しばかり期待してしまったからだ。

「おい、何をぼんやりしている。無事に用は済んだのだから今すぐ大広間から出るんだ……ああ、シャルード王子がいらっしゃった」

ディベルはアズターとルーリアへ当然の顔で言いつけた後、大広間に姿を現したシャルード王子に視線を留め、少しばかり目を輝かせた。

カルロスの姿を探していたアメリアも、ディベルの言葉でシャルード王子の姿を見つける。白銀色の長髪を後ろで束ね、肌はとても色白。話しかけてくる貴族たちに向けられる眼差しは穏やかで温かいが、上品さの中に気高さもしっかりと感じ取れた。

ここまでカルロスばかりを気にしていたアメリアだったが、この国の貴族の娘なら誰もが憧れる王子を目の前にして表情を変える。一気に興味が湧いてきたらしく、「シャルード王子ともぜひお近づきになりたいわ」とまんざらでもないように口元に笑みを浮かべた。

一方、貴族の娘であっても、唯一の例外と言って良いルーリアは、ただぼんやりとシャルード王子の姿を目で追いかける。

（王妃様に雰囲気が似ていらっしゃるわ）

そんな感想を抱いた時、改めて「いつまでそうしている」といったような目をディベルに向けられ、反射的にルーリアは体を強張らせた。

その時、シャルード王子が恰幅《かっぷく》の良い貴族の男性に声をかけられ足を止めた。男性が自分のそばにいる娘を王子に紹介するような素振りを見せたため、ディベルの顔に焦りが浮かぶ。

すぐさまディベルがアメリアを伴って歩き出すと、ルーリアはこの場への未練を捨て去るように小さくため息をついて、伯父の言いつけを守るように大広間の出入り口に向かって一歩踏み出した。

「ルーリア、待ちなさい」

言葉と共にアズターに腕を掴まれ、ルーリアは驚いた顔で肩越しに振り返る。

神妙な面持ちのアズターに、ルーリアはどうしたのかと疑問を抱くが、その口は一向に開かないため、ただ見つめ合うだけで時間が流れていく。

「お、お父様、すぐに帰った方が良いかと」

いつまでもこの場に留まっているのをディベルに見られたら、自分たちは間違いなく怒られるだろう。怒られるだけならまだ耐えられるが、食事抜きの生活を数日強いられるなんてことになるのだけは避けたい。

ちらちらとディベルの様子を気にしているルーリアに気づいて、ようやくアズターが引き留めた理由を口にした。

「もちろん帰る……がしかし、その前に王妃様が勧めてくださったものくらい食べておいた方が良いと思って」

「……グラッツのパイとジュース」

幹の太いグラッツの木に、ルーリアの顔の大きさくらいある真ん丸の黄色くて甘酸っぱい木の実がなる。それを使ったパイとジュースを食べて行くようにと王妃から言われたのをルーリアは改めて思い出すが、それでも躊躇いは完全に消えない。

ルーリアにとってディベルは決して逆らってはいけない存在であり、王妃の言葉と同じくらい重く心にのしかかってくるのだ。

「伯父様の言いつけを守らないと怒られます。それに私は誘っていただけても参加できないかと思いますし」

「いや。ディベル兄さんはああ言ってたが、王妃様は言ったことは守るお方だ。ルーリアがジェナと一緒にお茶会に顔を見せるまで繰り返し誘ってくださるだろう」

小声ではあるがアズターから力強く断言され、ルーリアは困ったように瞳を伏せた。

アズターの言う通りなら、いくらディベルと言えども、王妃の誘いを断り続けることは難しいだろう。

ディベルから許可が下り、いつかまた王妃の前に立つ日が来た時、グラッツのパイやジュースの感想を聞かれるかもしれない。しかも本日振る舞われているものは、王妃の好みに合わせた特別仕様のものだ。

（味はどうだったかと聞かれて、答えられなければ食べていないのがバレてしまう。……それに私、「食べて行ってね」と言われて、思わず「はい」って返事してしまったし、ここはお父様の言葉に従っておいた方が良いかもしれない）

首から下げているネックレスの透明な石に無意識に触れながら、ルーリアが必死に頭を悩ませていると、アズターが「ふっ」と短く笑った。

驚きと共に目にしたアズターの眼差しが心なしか優しく感じ、心がとくりと跳ねた。

「……お、お父様？」

「すまない。ジェナもその守護石のネックレスをつけている時、よく同じ仕草をしているから」

魔力を込めて様々な方法で利用するべく生み出された石を〝魔法石〟と呼ぶのに対し、元々魔力を宿している石のことを〝守護石〟と呼ぶ。

守護石にも強大な魔力を秘めたものから微力なものまで様々あり、今ルーリアが身につけているような弱い魔力のものは、お守り代わりにされることが多い。

「時々、お母様もこのネックレスをつけていらっしゃるの？」

「それはジェナが常に身につけているものだ。俺たちはお前にドレスも靴も簡素なものしか用意できなかった。だからせめてこれだけでもとジェナがディベル兄さんに頼み込んだんだ」

すべて伯父夫婦が用意したものだとばかり思っていたルーリアは、改めてネックレスの守護石に触れた後、無感情のまま着ていたドレスにも視線を落とす。

（お父様とお母様が私のために）

必要以上に両親と接点を持たず生きてきたルーリアは、両親にとって自分はいらない子なんだと思っていた。しかし、思いがけなく両親の優しさに触れ、嬉しくて心が震え、言葉が何も出てこない。

「靴はサイズが合わなかったようだな。赤くなっている。すまない」

確かに感じていた靴擦れの痛みが、父の気遣いを受けた途端に和らいだように思え、ルーリアは「このくらい平気です」ともごもご呟きながら首を大きく横に振る。

「それではあまり歩きたくないだろう。グラッツのパイとジュースを取ってくるから……あの辺りで待っていなさい」

壁際に視線を向けながらのアズターの言葉にルーリアは頷き、アズターが料理がたくさん載ったテーブルへ歩き出すと同時に動き出した。

壁に軽く背中をもたれて、混雑している大広間を改めて見渡すものの、アズターの姿はもう見つけられない。

(社交界デビューなんて、しなくて良いと思ってた……けど来て良かった。今日は私にとって特別な日になったわ)

ルーリアはアズターの言葉を思い返しながら、幸福感で満ちていく胸に手を当てて、わずかに口元を綻ばせると、目の前を警戒中らしき騎士団員たちが通り過ぎていった。

そこでカルロスのことも思い出し、慌てて室内を見渡す。

(……カルロス様とも、もう会うことは叶わないだろうし、せめて最後にお姿だけでも)

明るい色のドレスを身に纏う人々が多い中、黒色の騎士団員の制服は目立つ。それを目印に捜していくと、背が高いことも手伝って比較的苦労することなく彼の姿を捜し出すことができた。

すらりとした立ち姿は遠目からでもとても凛々しく、黒色の騎士団服もよく似合っている。

そんな彼の傍らには目を輝かせて喋りかけるアメリアの姿があり、周りにいる令嬢たちも頬を染めてカルロスを見つめている。

そして、アメリアの少し後方にはディベルがいて、その痺れを切らしたような顔から「死神公爵ではなく王子の元へ早く行くべきなのに」といった心の声が聞こえてくるようだ。

（でもどうして、カルロス様は死神公爵だなんて言われているのかしら……見ず知らずの私を助けてくれたほど優しくて素敵な人なのに）

アメリアに対してにこりとも笑い返さないことから、冷たい人に見えなくもないが、それだけで死神公爵と呼ばれてしまっているなら不憫《ふびん》でならない。

きっと何か理不尽な理由でそう呼ばれてしまっているのだろうと頭の中で結論付けてから、ルーリアは自分の心にその名をしっかり留めるかのように、「カルロス様」と小さく呟いた。

するとその瞬間、カルロスの視線が何気なくルーリアに向けられ、しっかりと目が合った。

もちろん偶然だとわかっていても、まるで自分の声が彼に届いてしまったかのような気持ちにさせられ、ルーリアは気恥ずかしさからすぐさま顔を逸らす。

目が合ったのなどほんの数秒の出来事だというのに、頬が一気に熱くなり鼓動も大きく高鳴っている。平常心を取り戻すべく深呼吸していると、すぐ近くから声をかけられた。

「ご気分が優れないのですか？」

いつの間にか隣に立っていた男性を、ルーリアは驚きと共に見上げた。男性はルーリアより頭半分ほど背が高く、髪と瞳は同じ薄茶色で、頬にはそばかすが散っている。

「い、いえ、平気です」

「そう。それなら良かった」

ルーリアと同年代に見えるその男性がにこりと笑いかけてきたが、人馴れしていないルーリアはうまく笑い返すことができなかった。その上、視線を合わすことすらままならず俯いてしまうが、男性はそれに気を悪くする様子もなく、にこやかに話しかけ続ける。

「失礼ですが、アメリア嬢のお姉様ですよね？　妹さんとは先ほど少しお話しさせていただきました」

「そ、そうでしたか」

「ああ、すみません。僕はルイス・ギードリッヒといいます。実は、あなたとも話をしてみたいと思っていたので、こうした時間を持てて光栄です」

ルイスに握手を求められ、ルーリアは困惑気味にその手を掴む。

「私はルーリア・バスカイルと申します」

それ以上話を広げることができず、ルーリアがすぐに手を離そうとすると、まるで揶揄《からか》っているかのようにルイスががっちりと手を握り締めた。そして離れぬ手に戸惑うルーリアに微笑みかけながら、そのまま自分の元へと引き寄せる。

「ルーリアもなかなかに強い光の魔力を持っていそうだね……ん？」

口元に笑みを浮かべて、耳元で囁きかけてきたルイスだったが、急に違和感を覚えたように眉を寄せたため、ルーリアはわずかに顔色を変える。

（もしかして気づかれてしまった？）

髪飾りに施された伯父の光の魔力が結界となっているのだから大丈夫と頭でわかっていても、自分の中に巣食っている闇の魔力を察知されてしまったんじゃないかと焦りと恐怖が込み上げてくる。

「その髪飾りは……」

「触らないで！」

呟きと共に彼が髪飾りに触れた感覚が伝わり、気がつけば、ルーリアは声を震わせてその手を振り払っていた。

もちろんすぐにハッとし、ルーリアの顔から一気に血の気が引いていく。

驚いた顔で自分を見つめているのはルイスだけではない。周りの貴族たちも同様だ。そして恐る恐るアメリアとディベルたちのいた方へと視線を移動させ、大きく息をのんだ。

アメリアとディベルにカルロスまでもこちらを見ていて、そして、ディベルは「なぜまだそこにいるんだ」といった顔をした後、その表情に怒りを滲《にじ》ませ始めた。

（怒られる……早くここを出なくちゃ）

恐怖で体を震わせながらも、ルーリアはこの場から逃げるように近くの出入り口から大広間を飛び出した。

廊下に出ても人の姿はあり、自然とひとけの少ない方に向かって無我夢中で進んでいくが、途中で足がもつれてしまい小さい悲鳴と共に前のめりに転ぶ。

大きく肩で息をしながら、その場にぺたりと座り込み、周りを見回す。細長い通路の左側の壁にはひとつだけ扉があり、一方で右側は庭が見渡せるくらいの大きな窓がいくつか並んでいる。

ルーリアから一番近い窓は大きく開け放たれていて、そこから吹き込んでくる冷たい風に体がわずかに震え、心細さを募らせていく。

(戻った方が良いかも)

大広間には正直戻り辛いが、勝手に城の中を歩き回った挙句、迷子になろうものなら、ますます伯父を怒らせてしまうことになる。重い腰を上げるようにルーリアは立ち上がって踵《きびす》を返すが、自分に向かってやって来るアメリアの姿を視界に捉えた途端、足がぴたりと止まった。

「伯父様からさっさと帰れと言われたじゃない。なぜまだお姉様はいるのよ。せっかくカルロス様と楽しくお話ししていたっていうのに、余計なことばかりしてくれるのね」

「ごめんなさい」

目の前で足を止めたアメリアへとルーリアは頭を深く下げて謝るが、妹の怒りの形相はまったく和らがない。

機嫌を直す方法などルーリアには見当もつかない。後々どんな罰を受けることになるのかと思うと恐れと不安で心が押し潰されそうになり、無意識にルーリアは母のネックレスの守護石に触れる。

それを目にして、アメリアは眉間に皺を深く寄せた。

「……バスカイル家のお荷物のくせに、本当に不愉快だわ」

怒りに満ちた声音にルーリアの体もさらに強張り動けなくなる。

「お母様がとっても大切にしていて、私にだってあまり触らせてくれないネックレスを、どうしてお姉様がつけているのよ」

アメリアからの不満に、まさかそこまで大事にされているものだと思っていなかったルーリアは大きく戸惑う。

「ドレスや靴だって、私のは伯父様と伯母様が決めたっていうのに、お姉様はお父様とお母様が用意して……まあでも、結局お姉様だけの社交界デビューは見送られることになったけど」

髪飾り以外の身の回りの準備を両親がしてくれたのはついさっき知ったが、それはどうやら最近の話ではないらしい。本来ならルーリアは二年前に社交界デビューを迎えていたはずで、両親もそのつもりで用意してくれていたのだろう。

この二年間で体型は気になるほどの変化はなかったようだが、どうやら足は微妙に大きくなっていたらしい。理由を知れば、靴擦れの痛みも特別に思えてきて、ルーリアはわずかに表情を穏やかにした。

それを目にしたアメリアが怒りを爆発させ、一気にルーリアに近寄る。

「カルロス様もなぜかお姉様を気にかけているし……何もかも面白くない！」

敵意を剥《む》き出しにしたアメリアから掴みかかられて数秒後、ルーリアはチェーンが引きちぎられる音を耳にし、同時に首に痛みを感じた。

「何するの……アメリア、返して」

アメリアの手には、母の守護石のネックレスが握り締められていた。じわりと嫌な予感が心を蝕《むしば》み、自然とルーリアの声が震える。

怯えるルーリアを見つめていたアメリアは何かを思いついたかのような表情を浮かべた後、にっこりと笑った。

「お母様にはちゃんと伝えておいてあげる。お姉様はこんな地味なネックレスなどいらない、私がつけているような高価なものが良かったと言って窓から投げ捨てたって」

ルーリアは顔を青くし、アメリアを止めようとすぐさま動いたが、アメリアに強い力で突き飛ばされ、その場に尻餅をついた。

「お願い、やめて！」

ルーリアの必死の言葉はアメリアには届かない。開け放たれている大窓へと進み行き、持っていたネックレスを躊躇うことなく外に放り投げた。

小さな悲鳴を上げてルーリアは慌てて立ち上がり、身を乗り出すようにして窓の下を見た。思っていたよりも高さがあり、ほんの一瞬、息をのむが、母親のネックレスを見つけるべく必死に視線を彷徨わせた。

窓の下は低木や花壇などがあるが、光に反射して輝くものは見当たらず、どこに落ちたのかわからない。

「どうしてこんなことを！」

駄目だと思いながらも、怒りが湧き上がるのを堪えきれずに、ルーリアはアメリアへと責めるような眼差しを向けた。もちろんアメリアに自分のしたことを謝罪する様子はなく、逆に、反抗的な態度のルーリアを不機嫌に睨み返す。

向かい合うふたりの間に重苦しい沈黙が生まれたが、大広間の出入り口近くにいた人々が自分たちを見ていることに気づいた途端、アメリアが芝居じみた様子で大きく声を張り上げた。

「ああ、お姉様！　見た目が気に入らないから、窓から投げ捨てろだなんて！　あれは、お母様の大事なものなのに、どうしてそんなひどいことを！」

自分の言葉に反応して、「どうしたのかしら」と人々がざわついたことにアメリアは笑みを浮かべ、ルーリアを押さえつけるように抱きついた。

ルーリアも、体全部で姉を制止している妹のように人々の目には映っているだろうと予想し、どうして良いかわからないままその場に立ち尽くす。

「黒精霊に祝福を受けたお姉様は、バスカイル家にとって、もちろんお父様とお母様にとってもお荷物でしかないわ。誰にも愛されず、可哀想なお姉様。でも凍てつく乙女だから仕方ないわよね」

アメリアに小声でちくりと言われ、ルーリアは悔しさを覚えた。アズターと話す前なら、アメリアの言葉をその通りだと受け止めていただろうが、今は見捨てられた訳じゃないと両親を信じたくなっていたからだ。

「でもね、心配しないで。お姉様が闇の魔力に引き込まれないよう、虹の乙女であるこの私が、ずっと面倒見てあげるわ。無能なお姉様でも魔法薬の生成くらいはできるし、これからも私の仕事を手伝わせてあげるから感謝してね」

魔力の暴走は幼い時からあったが、五歳の誕生日を迎える頃から抑え込むのが難しくなっていた。そのためルーリアは、より強い光の魔力で魔力の昂《たかぶ》りを抑え込むべく、ディベルが魔法石を用いて結界を施したあの小屋に閉じ込められた。

それ以来、ルーリアはあの小屋で魔法薬の生成を行っている。それは、ディベルの結界でも昂りを抑えきれない場合、魔力を放出することで暴走を防ぐために始めたことだったが、いつしか働かざる者食うべからずと言われ、常に生成を求められるようになった。

時には無茶な量を言い渡され、眠ることもできずにひと晩中作り続けることもある。そうしないと、次の日の食事の回数や量を減らされてしまうからだ。

もちろんどれだけ作っても対価は与えられない上に『出来の悪いものばかり作って』と罵《ののし》られる。時にはうまくできたと自分でも思えたものもあったが、それらを含め、先ほどの王妃とアメリアのやり取りから、すべてアメリアの成果となっていたことがわかった。

とてもじゃないが感謝の気持ちなど持てるはずもなく、ルーリアは気持ちを抑えきれないまま、距離を置くように両手でアメリアを押しやった。

（両親との時間も思い出も、周りからの愛情も、将来の期待も、アメリアはたくさんのものを持っているのに、どうして私からすべてを奪おうとするの？）

理不尽さへの怒りは喉に詰まって言葉にできない。しかし、今まで我慢していたものが爆発し、ルーリアの感情は一気に昂っていった。

目から大粒の涙が流れ落ちるのを見られたくなくてアメリアから顔を背けた瞬間、ぴしっと亀裂音が響き、髪飾りが熱を帯びたのをルーリアは感じ取る。一方で、亀裂が入ったことで青かった魔法石に黒色が混じったのをアメリアは目にして、伯父の魔力による結界の効果が失われたかもと、顔に焦りが浮かんだ。

込み上げてくる怒りや苛立ちに翻弄《ほんろう》されかけたが、自分の中で暴走しかけている光の魔力の渦を感じ取った瞬間、このままでは大変なことになるとルーリアは我に返る。

しかし時すでに遅く、黒い影がルーリアの光の魔力に反応するように廊下の隅から滲み出てきて、獲物を捕らえるようにルーリアの腕や足にまとわりついていく。

「闇の魔力！」

それを見て引き攣《つ》った声を上げたアメリアへと、新たに這《は》い出てきた影が狙いを定めて向かっていく。アメリアは小さな盾くらいの大きさの光の結界を張ってなんとか影を跳ね返してから、ルーリアをちらりと見た。

ルーリアはアメリアと同じように光の魔力で対抗しているものの、すでに腕にまとわりつかれているためか思うようにいかない。

アメリアにはルーリアを助ける気などさらさらなく、冷めた目を向けるのみで、自分に向かってくる影を防ぎながら、さりげなく後退していった。

先ほどよりも人が廊下に出てきているようで、闇の魔力に悲鳴を上げたり怯えたりする声が聞こえてくる。

（騒ぎが大きくなる前に、なんとかしてここから逃げなくちゃ）

どんどん増えていく影と徐々に動きが封じられていく状況にルーリアは焦り、このまま自分は影に飲み込まれてしまうのではと怖くなる。

どこからかぶつぶつと何かを唱える低い声が聞こえた次の瞬間、紐でぎゅっと縛られたかのようにルーリアの腕を影がきつく締めつけた。そして、開け放たれている窓に向かって腕を引っ張られ、ルーリアの足がずるずると動き出す。

転落させられるのではとルーリアが恐怖で青ざめた時、鎖が揺れた音が小さく響き、気がつけば、窓の向こうに黒精霊が浮かんでいた。

黒精霊の美しくも虚ろな眼差しと視線が繋がると同時に、黒精霊は足から下げた鎖をじゃらりと揺らして、ルーリアに向かって手を伸ばした。

濃い影を纏わせたその手に人々から悲鳴が上がる。もちろんルーリアにとってもその手に触れられることは恐怖でしかないが、影に捕らわれているため逃げられない。

(もう逃げられない)

恐れの中に諦めと絶望が顔を出し、ルーリアの目に再び涙が浮かんだ瞬間、鋭い声音が飛んできた。

「動くな」

言葉に従い、咄嗟にルーリアが体を強張らせた瞬間、目の前を光が走った。

黒精霊は機敏に後退し、一瞬で姿を消した。歩み寄ってくる足音を耳にし、ルーリアは息を荒げながら反射的にそちらへと顔を向ける。

(カルロス様)

助けてくれたのは彼で間違いない。感謝の気持ちは抱いたものの、殺気を漂わせている上に、先ほど見た時よりもさらに冷酷な面持ちで近づいてくるカルロスに、ルーリアは恐怖を覚え、足を竦ませる。

彼はルーリアの目の前で足を止めると同時に、持っていた剣でルーリアの腕や足に絡みついている影をいとも簡単に薙《な》ぎ払った。

締め上げる力から解放された途端、緊張の糸まで切れてしまったかのようにルーリアはその場にぺたりとくずれ落ちた。

（……すごい）

一般的に闇の魔力への対抗手段は光の魔力が有効的だとされているが、そんな光の魔力をもってしても防御したり弾き飛ばしたりするので精一杯なのが現状である。

闇の魔力を扱う者へ攻撃を与えられるのは光の魔力に限らず強い魔力を持った一部の者だけで、葬るとなると優れた人々が数人がかりでも難しいとされている。

それなのに、カルロスは難なく闇の魔力を切り裂いたため、圧倒されて言葉が出ない。

カルロスは剣を鞘《さや》に納めてから、ルーリアと視線の高さを同じにするように片膝をついた。

「お前、またか」

ため息混じりに発せられた言葉にルーリアの鼓動がとくりと跳ねた。

（カルロス様、私のことを覚えているの？）

彼は覚えていないと思い込んでいたため、ルーリアが動揺した状態でカルロスを見つめ返していると、慌ただしく廊下を走る足音が響いた。

「ルーリア！」

アズターが走り寄ってくると同時に、遠巻きに見ていたアメリアもすぐさまルーリアの元にやって来る。

「お父様、聞いて。私は止めたんだけどお姉様が……」

早速言い訳を始めたアメリアを「ちょっと待ってくれ」と手で制してから、アズターは恐れを含んだ眼差しでカルロスを見つめる。

カルロスは姿勢を正すかのようにしてゆっくりと立ち上がり、アズターと向き合った。

「……娘がまた迷惑をかけた」

「いえ。仕事ですから」

先ほども聞いたような言葉のやり取りが交わされた後、少しの沈黙を挟み、アズターが硬い声音で続ける。

「君は闇の魔力だろうと、ものともせず打ち破ると聞いていたが、実際目にすると圧巻だな」

「お褒めいただき光栄です」

「本当にその通りだわ！　カルロス様、とっても素敵だった！」

カルロスが無感情で返事をすると、すかさずアメリアも興奮気味に話に割って入っていく。

アメリアの熱意と勢いにカルロスが眉を顰めたそのそばで、アズターがルーリアへと静かに歩み寄った。

「ルーリア、すまない。兄さんが宰相との話に夢中になっているうちに出よう」

小声で囁きかけられ、ルーリアは小さく頷き返すと、差し出された手を取って立ち上がる。

そのままアズターに手を引かれて歩き出したが、「お父様、ちょっとだけ」と足を止め、ルーリアはカルロスへと体を向けた。

「あのっ、カルロス様……ありがとうございました」

か細い声で呼びかけてから、ルーリアは膝を折って丁寧にお辞儀をする。

（あなたに会えて良かった。どうかお元気で、さようなら）

顔を上げ、ほんの数秒カルロスと視線を通わせた後、ルーリアは身を翻してアズターと共に歩き出した。

「カルロス様、私たちも大広間に戻りましょう」

アメリアはさりげなくカルロスの腕に自分の腕を絡めつつ、甘えるように誘いの言葉をかけた。

しかし、カルロスは無言のままじっとルーリアの後ろ姿を見つめ続けている。視線すら寄越してもらえず、アメリアは自分の存在を無視されたような気持ちになる。

アメリアは悔しそうに唇を噛んだ後、怒りをぶつけるかのようにどんどん遠ざかっていくルーリアを睨みつけた。

第二章　真夜中の再会

王妃の誕生日のお祝いから一ヶ月が経った。

すぐに城を出るようにとの言いつけを守らず、黒精霊と接触までしてしまったルーリアは、ディベルにひどく怒られ、これまでの倍の数の魔法薬の生成と一日一回のみの食事制限を強いられることとなった。

きっとそのような罰は受けることになるだろうと予想していたルーリアは、落胆する様子もなくすべてを受け入れた。

疲労も空腹も我慢して淡々と毎日を過ごしていけば、いつかきっとこれまでと変わらぬ日常へ戻っていく。

そんな希望を胸に抱いていたのだが、うまくはいかなかった。


「いやああっ！」

朝早く、ルーリアは自らの叫び声と共に目を覚ました。

呼吸を乱しつつ、ゆっくりと体を起こし、辺りを見回した後、見慣れた粗末な小屋の中に闇の魔力の気配がないことにホッとし、額に滲んでいる冷や汗を手で拭った。

そして、あまり間を置くことなく、体の中で昂り始めた魔力を感じ取ると、ふらつきながらベッドを降り、調合台へと歩き出す。

（悪夢にうなされるのは、これで何度目だろうか）

毎晩のように、城で会ったあの美しい黒精霊が手を伸ばして迫ってくる夢を見ては、目覚めた後、決まって魔力が暴走しそうになるのだ。

実際、魔力を抑え切れず、小屋の外の魔法石を破壊してしまい結界が破れ、黒精霊を呼び寄せてしまったことが三回ほどあった。

ディベルとクロエラとアズター、そして光の魔力を扱える屋敷の者たち数人がかりで、ようやく黒精霊を追い払うことができたのだ。

しかし、人々の体力の消耗が激しく、新たな結界を施すことも手間とお金がかかるため、ルーリアはディベルから『これ以上繰り返すなよ』と厳しく言われたのだ。

調合台に辿り着く前にルーリアは眩暈に襲われてふらりとよろけ、頭を押さえた。

昨晩も遅くまで魔法薬を作り続けて、魔力を搾り尽くしたと思っていたのに、まだまだ際限なく溢れ出てきそうになる。けれど疲労感はしっかり残っているため、体がついていかず足元がおぼつかない。

不意に、微かにではあるが嫌な気配を感じ、ルーリアは小屋の中を見回す。しかし、室内はディベルが施した結界により、光の魔力に満ちていて、なんらおかしいところはない。

ルーリアは視線を机へと移動させ、その上に置かれている先日身につけた青い魔法石の髪飾りをぼんやりと見つめた。

魔法石は高級な品だったらしく、パーティーの後はクロエラの、もしくはアメリアのものになる予定だった。しかし、ひびが入ってしまったことで、装飾品としての価値が下がってしまい、ふたりとも「いらない」という意見で一致したのだ。

とは言え、魔法石に込めた魔力は健在なため、その効果が薄れるまでルーリアの部屋に置いておくことになった。

「……お母様のネックレスのこと、謝りたい」

魔法石の髪飾りを目にする度、アメリアによって城の窓から放り投げられてしまった母親のネックレスを思い出す。

あの後、ルーリアはすぐにアズターと城を出てしまったため、ネックレスがどうなったのかわからない。アメリアが庭に出てネックレスを探し出してくれていたら良いが、そのまま放置している可能性の方が高いと考えた。

どちらにせよ、なくなったのは自分のせいになっているのだろうと、一気に心が苦しくなり、悲しみや憤りでいっぱいになっていった。

感情に追随《ついずい》して、ルーリアを翻弄するように体の中で魔力が大きく揺らめく。焦りと共に歯を食いしばった時、戸口の方からぱりんと何かが割れる音が微かに聞こえ、ルーリアはやってしまったと数秒目を瞑《つむ》った後、急ぎ足で調合台へと向かった。

己の力を魔法薬へとふんだんに流し込み、一心不乱に生成し続けると、ようやく魔力が落ち着きを見せ始める。

ホッとしたのも束の間、小屋の外から黒精霊の気配を感じてルーリアは顔を強張らせた。

（どうしよう）

このまま対面してしまったら、黒精霊の闇の魔力に自分の中に植えつけられたそれが反応し、大変なことになる。

逃げなくてはと思っても、黒精霊の気配は戸口のすぐ近くから感じられ、小屋の出入り口はそこのみだ。

足が動かない上に、戸口から目を逸らせなくなっていると、ふわりと黒い影を漂わせながら、男の黒精霊が姿を現した。黒精霊はルーリアに対して何か訴えかけるかのように手を伸ばし、ゆっくり近づいてくる。

ルーリアが小さな叫び声を上げた時、小屋に駆け寄ってくる力強い足音が聞こえてきた。次の瞬間、小屋の中が光の魔力で満たされ、黒精霊は弾かれるように後ろへと吹き飛び、姿を消した。

「ひとまず大丈夫だ」

やや間を置いて、黒精霊に代わって小屋の中へと入ってきたのはアズターだった。割れた魔法石を持っていることから、外の魔法石を新しいものに交換してくれたのだと判断でき、ルーリアは脱力するようにその場にぺたりと座り込んだ。

「お父様、ごめんなさい。また伯父様を怒らせてしまうわ」

自分の失態は、間違いなく父親にまで迷惑をかけていることだろう。気落ちし顔を俯かせたルーリアへ、アズターが真っ直ぐ歩み寄ってきた。

「ルーリア、少し話があるのだが……」

アズターからそんなことを言われたのは初めてで、ルーリアは驚きや戸惑いと共に恐る恐る視線を向ける。そして、苦々しく自分を見つめてくるアズターに不安を煽《あお》られながら、震える声で問いかけた。

「……は、はい。お父様、なんでしょう？」

「実は、お前を嫁に出そうと考えている」

「わ、私を、お嫁に？」

まさかそんな話だとは思っておらず、ルーリアはきょとんとするが、アズターは少しも表情を和らげない。

「まだ決まった訳じゃないが、うまくいけば……」

そこでアズターは、小屋に歩み寄ってくる数人の足音に気づき、言葉を切った。諦めの小さなため息をこぼしてから姿勢を正し、ルーリアと少しばかり距離を取る。

小屋の外から魔力の揺らぎが何度か伝わってきた後、まだ残っていた黒精霊の気配も消え失せ、そして、ルーリアの前にディベルとクロエラとアメリアの三人が姿を現した。

「また黒精霊を呼び寄せおって」

小屋に入ってくるなりディベルが疲労感を交えながらぼやく。

子供の頃、自分で黒精霊を追い払おうとしたこともあった。しかし、光の魔力を発動させると、祝福によって植えつけられた闇の魔力が混ざって、結果更に黒精霊を呼び寄せることに繋がってしまったのだ。その時に厳しく禁止されたため、ルーリアは黒精霊への対抗手段がない状態である。

ディベルはアズターが持っている割れた魔法石に目を留めた後、ルーリアを睨みつけた。

「これ以上魔法石を破壊するなとあれほど言ったのに、どうしてこうなる！　自分の魔力くらいしっかり制御しろ！」

「申し訳ありません」

怒鳴りつけられたルーリアはふらつきながらもなんとか立ち上がり、深く頭を下げる。

頭を下げ続けるルーリアにディベルは舌打ちすると、アズターの手から割れた魔法石を奪い取り、「アズターも来い」と命じて小屋を出て行った。

アズターはちらりとルーリアに目を向けつつも、すぐに「はい」と返事をし、ディベルを追いかけるように歩き出した。

残ったクロエラは頭を下げたままのルーリアを冷たく一瞥してから、部屋の隅に移動し、積み重なっている魔法薬入りの箱の数を数え始めた。アメリアは小屋の中を見回してから、顔を顰める。

「相変わらず陰気臭い場所」

ぽつりと呟かれた言葉にぴくりと反応し、ルーリアはゆっくりと顔を上げる。確かに日当たりの悪い場所に建てられているため、小屋の中は薄暗い。充満している薬草の匂いも、アメリアにそう思わせる一因となっていることだろう。

しかし、ここはルーリアにとって大切な場所であり、そのように言われてしまうと心がちくりと傷む。

「こんな場所で生活できるお姉様も似たようなものだけど」

(私はなんて言われても平気。気にしない)

感情を荒立てて、再び魔力が暴走しかけることだけは絶対に避けなくちゃいけないと、ルーリアはアメリアから気を逸らすように顔を俯け、ふたりの邪魔にならないようにと静かに部屋の隅へ下がっていった。

すると、ルーリアが反応を返さないことがつまらなかったようで、アメリアは膨れっ面になる。

「こんな面白みのない子が良いなんて、ルイス様って実は物好きなのね。感じが良さそうで好青年の印象だったのに驚きだわ」

「本当だよ。アメリアに縁談の話を持ちかけるならまだしも、ルーリアになんて。何か手違いがあったとしか考えられないわ」

小馬鹿にした様子のやり取りを聞き、ルーリアはわずかに眉根を寄せる。

（ルイス様って、もしかしてパーティーでお会いした方？　しかも縁談だなんて、私でも信じられない）

ルイス・ギードリッヒとは少ししか話していない上に、ルーリアは彼の手を払って逃げ出してしまっている。不愉快に思われはしても、気に入られるようなところはまったくなかったはずである。

（先ほどお父様が言いかけたのは、このことだったのね）

思いも寄らぬ縁談話とは言え、自分を気に入ってくれてのことならば嬉しくはある。しかし、嫁に行くというのはこの場所から離れることを意味していて、不安の方が正直大きい。

ルーリアが困ったような表情を浮かべると、それに気づいたクロエラが鼻で笑う。

「やだ、なんでそんな顔をしているのよ。たとえどんなに縁談の話が舞い込んできたとしても、あなたを嫁になんて出せないわ。少し考えればわかることでしょう？」

「やだお姉様、いつかお嫁に行けるなんて思っていたの？」

当然だとばかりにクロエラから告げられてルーリアはわずかに目を見開き、続いたアメリアの言葉に瞳を伏せた。

自分が誰かの元に嫁ぐなんていう夢も期待も抱いたことはなかった。自分の状態を考えれば当然のことだ。

しかし、先ほどのアズターのひと言で、これまで一度も思い描いたことのなかった人生を進んでいくことになるかもしれないと思ったのだ。

（お父様はうまくいけばとおっしゃっていた。もしかして、嫁に出そうというのはお父様だけの考えで、これから伯父様たちを説得しようとしているの？）

アズターからかけられた言葉を思い返し、ルーリアはそんな予想を立てた。

しかし相手は伯父夫婦だ。考えが違うふたりを納得させることなどできるはずがない。

もし仮に納得させることができて、ルイスの元へ嫁いだとしても、黒精霊から受けた祝福のせいで、彼らに多大な迷惑をかけるのは想像に難くなく、ルーリアはアズターの考えに賛成できない。

アメリアはクロエラの横に並び、魔法薬が入った瓶をいくつか手に取った。瓶の中にはキラキラと輝く液体や緑色の粘度の高い液体が入っている。

アメリアは面白くなさそうに口を尖らせて瓶を元の場所に戻すと、思い出したようにハッとし、「そうだったわ」と粗末なクローゼットに向かっていく。

すぐ前に立っていたルーリアを押しのけて、そして持ち主の許可なくクローゼットを開けると、アメリアはそこから先日のパーティーでルーリアが着ていたドレスを取り出した。

「騎士団へ魔法薬を届けに行く時、これを着て行くことにするわ。カルロス様にお会いできるかもしれないし、質素なドレスの方が印象も良いかと思って」

クロエラに報告しながら、アメリアが自分の体にドレスを当てがったため、思わずルーリアは「……そ、それは」と反応し、手を伸ばす。アメリアはその手をひらりと避けて、ルーリアを睨みつけた。

「別に良いでしょ、私が着たって。そもそもお姉様にドレスを着る機会はもうないかもしれないんだもの。眠らせておくのは勿体《もったい》ないわ」

ぴしゃりと言われ、ルーリアは黙り込む。身につける予定もなく、それ以前に外に出る許可すら下りないだろう自分の手元に眠らせておくのは、確かに勿体ない。しかし、両親からの唯一の贈り物を奪われたくないという思いもルーリアにはある。

魔法薬を数え終え、売上の金額までも算出した後、クロエラはアメリアとドレス、続けてルーリアへと目を向ける。

「そうね。ルーリアにはもう縁のない服だわ。残しておけば売ってしまうのだから、アスターたちもルーリアへの最後の贈り物が、知らない誰かではなく可愛いアメリアの手に渡った方が嬉しいでしょうよ」

最後の贈り物と断言されてしまい、ルーリアは目を見開き、アメリアは含み笑いを浮かべつつ「そうよね」と嬉しそうに言葉を返した。

「後で魔法薬を取りに来させます。その時、新しい瓶も届けさせるわ。今日の分よ。今回もあまり出来が良くないわ。もっと頑張ってちょうだい」

それだけ言って、クロエラは用は済んだとばかりに小屋を出て行こうとするが、外に出る前に足を止めて、ルーリアの方を振り返った。

「ああそれから、少しずつ小屋の中を片付けておくように。近いうちにあなたの生活の場を変えるから」

詳しい説明はせずにクロエラは再び歩き出し、アメリアはルーリアに対してニヤリと笑ってから、ドレスを抱え持ったままその場を後にした。

（私はどこに連れて行かれるのだろう）

先ほどクロエラが発した『最後の贈り物』という言葉が、まるで両親との永遠の別れを意味していたかのように感じ、ルーリアの心に重苦しく圧しかかってくる。

そして子供の頃の、ディベルとクロエラがこっそり交わしていた会話を聞いて恐怖に震えた記憶が蘇ると、吐き気を覚えて口元を押さえた。

言いようのない不安に押しつぶされそうになりながら、しばらくその場に立ち尽くしていた。

ルーリアが悪夢と不安に苛まれながら一週間が過ぎた。

アーシアン城の、王妃の誕生日パーティーが行われた大広間で、騎士団の黒色の制服に身を包んだカルロスと、銀色の短髪に黒色の瞳を持ち、騎士団長を務めているエリオット・コーニッシュのふたりが、国王の前に片膝をついて首を垂れていた。

「カルロス・ジークローヴ第五部隊長。特に君の活躍はアリスティアから聞いておる。まずは、末娘を黒精霊から守ってくれたことに感謝する」

「恐れ入ります」

国王の言葉を聞きながら、カルロスは顔を上げずに真摯に言葉を返す。

五日前、カルロスは彼が率いている第五部隊の隊員一名と、エリオットの三人で、国王の末娘であるアリスティア王女の護衛の任に就いた。

アリスティア王女は浪費家で知られていて、その日もアーシアンから山ひとつ越えた先にある町、ホーズビーでの買い物が目的だった。

どんどん増えていく荷物にげんなりする気持ちを、時折ため息に変えつつも、カルロスは周囲に気を配り続け任務にあたった。

問題は帰り道に起こった。アーシアンへと戻る山の中で、五匹の黒精霊に襲われたのだ。

普通なら混乱を招くところだが、場数を踏んでいる騎士団長と闇の魔力を難なく切り裂けるカルロスがいるため、あっという間に黒精霊は沈められることとなった。

その後は何事も起きず、アーシアン城へと帰城し、カルロスの任務も無事終了となったのだが……。

「アリスティアはお前の話ばかりする。いたく気に入った様子だ」

国王から機嫌良く打ち明けられた言葉に、カルロスが下を向いたまま、げんなりとした顔をしたため、それを横からこっそり盗み見たエリオットが思わず苦笑いを浮かべる。

実は帰城後、騎士団の詰め所へ戻ろうとするカルロスを、アリスティア王女は引き留め、「今度、お茶に付き合ってくださる？」と話しかけた。それにカルロスは、顔色ひとつ変えずに「任務であれば」と答えたのだった。

王女に対するカルロスの態度に、エリオットが無言になった横で、まさかそんな返答が来るとは思ってもいなかったアリスティア王女はポカンとした表情を浮かべた。

そして、「失礼します」と言って早々にこの場から立ち去っていくカルロスの後ろ姿をしばらく見つめた後、頬を赤らめうっとりした顔で「カルロス様は剣を振るう姿は神々しい上に、媚びないところもとっても素敵」と呟いた。

どうやらすっかりカルロスは気に入られてしまったらしく、あれから毎日のようにアリスティア王女から差し入れだったり、直接騎士団の詰め所まで会いに来たり、懲りずにお茶会へ誘われたりしているのだ。

それに毎度毎度、カルロスが煩わしいといった態度をとっていることなどまったく知らない国王は、まるで褒美を与えるかのような口調でこっそりと続けた。

「なあカルロス。ここだけの話だが……そなたも二十歳となったのだから、そろそろ妻を娶《めと》っても良い頃合いだな。相手がいないのであれば、うちの末娘なんてどうだ？」

彼にとって禁句のようなひと言が国王から飛び出し、エリオットは心の中で「やばい」と呟き、心なしか口元を引き攣らせる。

カルロスは小さく息を吐き出しながらゆっくりと顔を上げ、国王を真っ直ぐ見つめる。

「国王陛下。今のお言葉は命令でございますか？」

冷ややかな面持ちでカルロスから問われ、国王は意表を突かれたかのように目を丸くする。

普通に考えて、王女を娶るとなれば名誉である。国王の息がかかったことで、騎士団での立場も飛躍的に上昇し、すぐに複数の部隊をまとめ上げる立場に就くことになるだろう。

いずれは副団長へ、そしてカルロスのように様々な魔法を習得し、剣術も圧倒的に優れているとなれば、間違いなく騎士団長の座まで手に入れられる。

誰しも地位や名誉は欲しいもので、自分の話に目を輝かせて食いついてくるかと思っていたのに、カルロスは例外だった。

国王は瞬きを数回繰り返した後、豪快に笑い出す。

「命令ではないゆえ安心しろ。アリスティアには諦めろとだけ伝えておこう。それで本人が諦めるかは知らぬが」

国王が大らかな人柄で良かったとエリオットは安堵して肩の力を抜き、カルロスは感情の読み取れぬ表情のまま、再び国王に対し首を垂れた。

「そう言えば、アリスティアはカルロスのことを色々調べたらしく恋人はいないようだと言っていたが、実際はどうなのだ？」

「いません」

親子揃ってカルロスに興味を抱いたのか、国王は興味津々に情報を聞き出そうとしたが、カルロスからあっさり否定され、少しばかり腑に落ちない顔をする。

すると、口元に楽しげな笑みを浮かべてエリオットが話に割って入ってくる。

「恋人はおらずとも、ずっと想い続けている娘はいるようです」

「そんなのいません」

カルロスから殺気に満ちた目を向けられ、エリオットは思わず口を引き結ぶ。そんなふたりのやり取りに国王は苦笑いして、「エリオットの言うことが本当ならば、興味あるな」とぽつり呟いたのだった。

いくつか騎士団としての報告を行った後、ふたりは大広間を後にした。

廊下を進む途中で周りに誰の気配もないことを確認しながら、エリオットが小声でカルロスに話しかける。

「国王様にまであのような言い方をするなんて、本当にお前は命知らずだな。こっちは心臓が縮み上がったじゃないか」

「命令だと言われれば、わかりましたとちゃんと答えていましたよ……たぶん」

　エリオットに倣ってカルロスもぼそぼそと返事をしつつ、ちらりと目を向ける。「嘘つけ」と言わんばかりの面持ちの彼と目が合い、カルロスは知らんぷりを決め込むように顔を逸らし、心なしか早足になる。

　警備にあたっている騎士団員からの挨拶に、エリオットは軽く手を上げて、カルロスはわずかに頷く形で応えてから城の外へと出た。

　日が傾き、薄暗い影が落ち始めた中を、規則正しい足音を響かせながらふたりは一気に進む。城の正門を抜けても、賑やかな街並みに視線を向けることなく騎士団の詰め所へ向かっていった。

　背の高さは同じくらいだが、カルロスの美しい面持ちと細身なのに筋肉もしっかりついている均整の取れた体つき、一方で、三十五歳の落ち着いた大人の雰囲気を存分に漂わせているエリオットは、騎士服越しに鍛え上げられた肉体美が手に取るようにわかる。女性たちの視線がふたりに一気に集まっていくが、そんなものに気を取られることなく、エリオットが口を開いた。

「そう言えば、カルロスが想い続けている……ああ間違えた。子供の頃に会い、それから捜し続けている娘は見つかったか？」

「……いいえ。それと別に捜していません」

カルロスは前だけを見つめたまま、短く返事をする。それにエリオットはニヤリと笑って、さらに続けた。

「そう言えば、先日の王妃の誕生日パーティーで、カルロスがらしくない行動をしていたのを見かけたな……はて、あの娘はどこの誰だっただろうか」

そこでカルロスは思わず足を止めた。らしくない行動には心当たりがある。命の危険があったわけでも、警護対象の女性だったわけでもなく、触れる必要のない女性の腕を、気がついたら掴んでいた。

（怯えさせてしまったように感じて、ただそれだけで体が動いた。自分でも理解できない行動を、よりによってこの男に見られていたのか）

とてつもなく苦々しい気持ちになりながら、カルロスはじろりとエリオットを見た。

カルロスの反応がエリオットには面白く、笑みを深めていく。しかし、カルロスが相手の女性に関して一切口を開こうとしないため、痺れを切らしたように切り出した。

「誕生日パーティー後、縁談の話が飛び交っているらしい。特に、お前を気に入っているようだったバスカイル家の妹、アメリア嬢の元にはたくさん舞い込んでいるそうだぞ。もちろん、姉のルーリア嬢の方にも」

エリオットが最後に彼女の名前をあえて付け加えたため、カルロスは眉根を寄せた。

（相手がどこの誰かまで、すでに把握済みということか）

カルロスは大きくため息をついてから、諦めたようにエリオットに話しかける。

「確かに俺が子供の頃に捜していた子は、ルーリア・バスカイルです。でも、捜していたのはただ心配だったからで特別な感情があるわけじゃない……生きていてくれてホッとしました」

カルロスはどこか遠くを見つめながら事実を打ち明け、再会した今の気持ちを静かに告げた。

エリオットは弟を見るような優しい目でカルロスを見つめた後、カルロスの肩に腕を回した。

仲睦まじそうなふたりの様子にどこかで女性の黄色い悲鳴が上がる。

「再会できて良かったな。ちなみに、彼女に縁談の話を持ちかけた相手は、パーティーにも参加していたルイス・ギードリッヒだ。でも大丈夫、きっとまだ間に合う。お前もすぐに縁談の話を持ちかけろ。これ以上遅れをとっちゃ駄目だぞ」

「俺の話、ちゃんと聞いてました？」

目を輝かせながらアドバイスしてきたエリオットに、カルロスは冷めた顔を向けつつ、片手でエリオットを押しやる。体が離れたところでカルロスがスタスタと歩き出したため、もちろんすぐにエリオットもその横に並んだ。

しばらく無言で歩き続けていたが、騎士団の大きな建物とそれを取り囲む立派な壁と門扉が見えてきたところで、カルロスは淡々と話し出す。

「俺は家族を増やすつもりはありません。闇の魔力を扱う者と黒精霊を根絶やしにする。それだけが俺の生きる目的で、目的に達するためには何体だって屍を積み上げてみせる。だから、そんな男と夫婦になるなんて不幸でしかない」

「その気になれば、もっと楽しい人生を送れるだろうに。まったくお前は色々と残念な男だよ」

無表情で胸のうちを吐露したカルロスに、エリオットは少し寂しそうに笑いかけた。

それからエリオットは、考え込むように顎《あご》に手を当て、カルロスと並んで騎士団の門を通り抜けた後、腑に落ちないようにため息をつく。

「……ただ、俺もルーリア・バスカイルのことは気になっている」

すぐさまカルロスからすこぶる不機嫌な「は？」が飛び出し、大きな一歩と共に詰め寄ってきたため、今度はエリオットが「待て、話を最後まで聞け」と苦笑いでカルロスの体を押し返した。

「お前が唯一気にかけているルーリア・バスカイルとはどんな女性なのかって、気になって調べたんだ。だが、わかったのは病弱だということだけ。あのバスカイル家のご令嬢だっていうのに、いくらなんでも情報が少なすぎる……まるで意図的に隠されているみたいだ」

エリオットの考えに、カルロスは確かにと頷く。

あのような出会いと別れをしたため、ルーリアのことはずっと気にしていた。

しかし、彼女がお嬢様と呼ばれていたこともあり、十二歳から十七歳の間、貴族の子息や令嬢が通うアカデミーでいずれ顔を合わせることになるだろうと思った。

在学期間は六年ある。年下だろうと感じたが、それほど離れているようにも思えなかった。

だから、彼女が入学すれば再会するだろうと考えていたのだが……一度も彼女の姿を目にすることはなかった。

　もっと早い段階で彼女が誰かを探っておけば良かったと後悔に近い感情を覚えたところで、カルロスはこれ以上の深入りはやめておけと自制したのだった。

「そうかもしれません……でも、俺たちには関係ないこと。今日のところはこれで失礼します」

　カルロスはしっかりと「俺たち」を強調させてから、「え、帰るの？」というエリオットの言葉を背中に受けながら、門からほど近い場所にある厩舎《きゅうしゃ》へ向かってひとり歩き出した。

　厩舎の中で休んでいた愛馬を連れて再び詰め所の門を歩いて通る。敷地の外に出るとすぐにカルロスは愛馬に跨《また》がり、風を切って走り出した。

（彼女が生きていて良かったが、今も呼び寄せ体質は変わっていないらしい）

　王妃の誕生日パーティーで再会したルーリアと、記憶の中にいる幼いルーリアを頭の中で思い浮かべると、出会った時の出来事がつい昨日のことのように鮮やかに蘇る。

＋　＋　＋　＋

　ルーリアと出会ったのは十年前、カルロスがまだ十歳だった時のこと。

　その日カルロスは、ちょうど今と同じように夕陽に満ち溢れた町の中を、屋敷に帰るべく馬を走らせていた。

屋敷のそばにある美しい庭園に差しかかった時、違和感を覚えてすぐさま馬を制した。

（……闇の魔力を感じる）

よく目を凝らして辺りを窺《うかが》うと、庭園の端の方に数体の黒精霊と女の子、ルーリアの姿を見つけ、カルロスは慌ててそちらへと向かった。

普通なら黒精霊などと関わりたくないと思うところだが、ジークローヴ家の男たちは違う。

彼らは強力な魔力を持ち、剣術に優れているだけでなく、公にはしていないが、実は魔力の流れを見ることができる特殊な目を持っている。

心臓のような役割をしている魔力の核は、それを上回る魔力量で断ち切ることができるため、ジークローヴ家の男たちは幼い頃から通常の訓練だけでなく剣に魔力を乗せるなどの上級者向けの鍛錬も行う。

特にカルロスは、歴代の猛者たちと比べて頭ひとつ抜けた魔力量と剣技の才能を持っていた。

本人もそれを理解していて、自分も父たちと同じように、人々の心を惑わせて混乱を招こうとする闇の魔術師や黒精霊などからみんなを守らなくてはと思っていた。

途中で馬から飛び降り、カルロスは素早くルーリアの前へと進み出て、剣を構える。

（全部で六体。数は多いけど……）

目だけを動かして黒精霊の数を数えるうちに、再び違和感を覚えて疑問を抱く。これまで何度も黒精霊と相対した経験があるが、大抵はカルロスに対して天敵を目の前にしたかのような動揺を見せる。しかし、今目の前にいる黒精霊たちはルーリアしか視界に入っていない。

思わずカルロスがちらりと肩越しに後ろを確認すると、恐怖と困惑が入り混じった、はちみつ色の目と視線が繋がった。

次の瞬間、一気に自分へと近づいてきた黒精霊たちにルーリアが「ひっ」と小さく悲鳴を上げると、カルロスは眉間に力を込め、力強く地面を蹴った。

ひとりで六体を相手にするだけなら、難なく黒精霊を鎮められただろう。しかし、標的にされているルーリアを守りながらの戦いに、カルロスは苦戦を強いられることとなる。

途中で二体ほど増えたため焦りはしたものの、なんとか魔力の核を断ち切って、黒精霊たちを殲滅《せんめつ》することに成功した。

一段落ついたところで、ようやくカルロスはルーリアと向き合った。質素なドレスを着ていて、肌は透き通るかのように白く、痩せている。どこかの侍女見習いかと考えるものの、とても綺麗な顔をしていて品も感じられるため、ちぐはぐな印象が否めない。

『……ごめんなさい。私のせいで手を怪我させてしまって』

言われて、手の甲に薄く血が滲んでいることに、カルロスは気がついた。

『こんなの怪我のうちに入らない』

『でも……ごめんなさい』

何度も頭を下げるルーリアの肩や手が震えているのを目にし、思わずカルロスはルーリアの肩に触れる。彼女のひどい怯えようを見ていられなかったのだ。

震えが止まり、驚いた表情へと一気に変わったルーリアと見つめ合ったまま、カルロスはゆるりと首を横に振る。

『謝る必要はない。俺が勝手に首を突っ込んだだけだから。それより、そっちこそ怪我してない？』

カルロスからの問いかけに、ルーリアはさらに驚いた顔をした後、すぐさまこくこくと頷き返す。

『それなら良いけど……家まで送ってく。どこに住んでるの？』

カルロスはルーリアから手を離し、馬を呼ぶように指笛を吹く。すると、馬がやって来るより先にルーリアの足が一歩二歩と後退していった。

『だっ、大丈夫です！　助けてもらっておいて、そこまでしてもらう訳にはいきませんし、それに……』

言いかけた言葉を慌ててのみ込んだルーリアに対し、カルロスは不思議がるように問いかける。

『それに、何？』

『い、いいえ。なんでもないです。ありがとうございました。このご恩は一生忘れません』

深々と頭を下げた後にルーリアが見せた少しばかり不慣れな、それでいてとても綺麗な微笑みに、カルロスは目を奪われた。

その隙をつくように、ルーリアが身を翻してぱたぱたと走り出すと、カルロスは我に返るようにハッとし、不満げに前髪をかき上げる。

『こっちは恩を売るつもりなんてまったくないんだけど……そもそもどこの誰なんだよ……でもまあそれなら、後で恩を返してもらうために、名前くらい聞いておくか』

ふと浮かんだ考えにカルロスはニヤリと笑う。ルーリアを追いかけることに決めて、自分の隣にやって来た馬の手綱に手をかけた時、『お嬢様！』と女の叫ぶ声が遠くで響いた。

カルロスはすぐに振り返ると、庭園を抜けたその先に、ルーリアと侍女らしき女性の姿を見つける。

（やっぱり貴族の子供だったか）

侍女と合流したのなら家まで送り届ける必要はなく、今あの場に割って入っていけば、それこそ恩を売る行為でしかない。カルロスは少しだけ背伸びをしつつ馬のたてがみを撫で、『俺たちも帰るか』と声をかけた。

しかし、再び後ろから聞こえてきた声に、改めて振り返ることとなる。

『言うことを聞かず勝手なことをして！　腹立たしいったらありゃしない！』

『ごめんなさい！　伯母様、ごめんなさい』

いつの間にかルーリアの傍らには女性がもうひとり増えていた。その女性がルーリアの伯母だということはわかったが、彼女のひどく怯えた様子から関係性に違和感を覚えた。

侍女から何かを話しかけられ、伯母は少し顔色を変えて辺りを見回した後、ルーリアの腕を手荒に掴み、近くに停まっている馬車に向かって引っ張るようにして進んでいく。

その乱暴な様子にカルロスは見ていられなくなり、馬の手綱を手放して一気に走り出した。ルーリアが押し込まれる形で馬車に乗り込んだ瞬間、馬車へと近づいていく黒精霊の姿が三体ほど視界に映り込む。

黒精霊は馬車を、というよりもその中にいるルーリアだけを見つめているかのようにカルロスには思えた。

（黒精霊の狙いは彼女のみ）

改めてそう強く思い、カルロスは再び剣を抜いて黒精霊へと向かっていった。その一方で、ルーリアや伯母たちを乗せた馬車は、素早くその場から姿を消したのだった。

＋　＋　＋　＋

結局、誰かはわからずじまいだったが、伯母にぞんざいに扱われていた小さな姿はカルロスの意識に残り続け、十年の月日を経てようやくその正体に辿り着いた。

（……縁談を持ちかけたのはルイス・ギードリッヒか。確かギードリッヒは水の家系だったな）

馬を走らせている時は無心になれることが多いのだが、エリオットの話が繰り返し思い出され、カルロスの心をざわつかせる。

（アカデミーの成績は目立って良かったわけじゃない。今も騎士団で剣術を磨いているならまだしも商人の家系だ。彼女が黒精霊を呼び寄せる特異体質であることを知っているのか？）

ルイスとは同級生の間柄ではあるが、親しい関係ではなかった。そんな相手の顔を思い浮かべたところで、カルロスは自分自身に苦々しさを覚えた。

（それは俺には関係ないこと。心配してどうする）

そしてまた心配などと思ってしまった自分にハッとさせられ、今度は信じられないというように目をわずかに見開く。

表情はあまり変化が見られなくても、心は大きくざわつかせたまま、ちょうど昔、ルーリアと出会った庭園の横に差しかかったところで、カルロスの目の前に飛び出すように男が現れた。

「誰だ」

即座に馬を制し、右手を剣の柄に添えながら、カルロスは鋭く問いかける。

薄暗闇の中に紛れ込むかのように灰色の外套《がいとう》を纏った男が、目深に被っていたフードをゆっくりと取り去り、顔を露わにした。

「貴方は確か……」

目の前の男アズター・バスカイルに、剣の柄に触れていたカルロスの手が警戒を解くべきかどうか迷うようにぴくりと動く。

「突然すまない。でもここにいれば必ず会えると思って君を待っていた」

アズターの言う通り、騎士団の詰め所から屋敷に帰るには、庭園横のこの道を通るのが一番の近道となる。

「俺になんの用ですか？」

「頼みたいことがあって来た。どうか話を聞いて欲しい」

いつ帰るかわからない自分を待ち続けてまで頼みたいことなど見当もつかず警戒心が募り出す。しかし、切実さも感じられるアズターの様子に、ルーリアの姿を思い出してしまうと、無下に断るのも少しばかり心苦しくなる。

「話くらいなら」

小さく頷き、ぽつりと返事をすると、アズターが心なしかホッとした表情を浮かべた。しかし、庭園の方から女性ふたりが話しながらやって来るのに気づくと、アズターはすぐにフードを被る。姿を見られたくないのだと察するとカルロスは馬を降りて、ぽつりと声をかけた。

「俺の家で聞きましょう」

「すまない。感謝する」

手綱を引いて歩き出したカルロスに続くように、アズターは周りを気にしながら歩き出した。

アズターがカルロスの元を訪ねたその五日後の晩、満月の月明かりが差し込む小屋の中、ルーリアは疲れを滲ませた表情を浮かべながら、ベッドの上で膝を抱えていた。

真夜中までかかってしまったが、先ほど今日の分の魔法薬を作り終えた。そのため、もう寝てしまって良いのだが、黒精霊が迫ってくる夢を見るのが怖くてこうして蹲《うずくま》っているのだ。

そして、眠りたくても眠れない理由はあとふたつあり、ひとつ目の理由であるひりひりと痛む口角を、ルーリアはそっと指先で押さえた。

一昨日の昼間、突然やって来たアメリアに思い切り頬を叩かれたのだ。その反動で床に倒れたルーリアは叩かれた理由がわからないまま、怒りの形相のアメリアを呆然と見上げていると、慌てて小屋に入ってきたクロエラがアメリアを宥め、侍女とふたりがかりでなんとか外へ連れ出そうとする。

その間もアメリアの怒りに満ちた眼差しはずっとルーリアに向けられていて、「どうして私じゃなくて、あんたなのよ！」と金切り声で叫び続けていた。

小屋から出て行く直前、クロエラが「誰から結婚の申し込みが来たとしても、この子は嫁には出さないわ。それはアメリアだってわかっているでしょ？」とアメリアに言い聞かせ、ルーリアはまた自分に縁談の話があったのだろうとぼんやり理解したのだった。

そしてもうひとつの眠れぬ理由は、ここ最近頻繁に思い出してしまう子供の頃の記憶にある。

＋　＋　＋　＋

それは今から十年前、カルロスと出会ったあの日の出来事だ。

その頃にはすでにルーリアはこの小屋でひとりで生活をさせられていた。黒精霊から祝福を受けた自分は普通の人と同じように暮らせないとわかってはいたが、まだ七歳であり、両親が恋しくて泣いてしまうことが多かった。

その日、寂しさに堪えきれなくなってしまい、ルーリアはこっそり小屋を飛び出してしまったのだ。裏庭の木をよじ登って塀を飛び越えた後、記憶を頼りに両親のいる家へと歩き始めた。しかし、家に行ったのは片手で数えるほどしかなく、毎回伯父夫婦と馬車に乗っていたこともあり、道が合っているかどうかの不安と、体力のなさから、ルーリアは途中で歩けなくなってしまったのだ。

そこがカルロスとの出会いの場となったあの庭園だった。

彼は黒精霊を呼び寄せてしまったルーリアを助け、『家に送る』とまで言った。これまで助けてくれたり、味方してくれたりする人などいなかったため、ルーリアはすっかり戸惑ってしまった。

もちろん、家に送ってもらったところを伯父夫婦に見つかりでもしたら、優しい彼まで怒られてしまうと考え、ルーリアはすぐさまカルロスの元を離れたのだったが、それは正解だった。

その後すぐにクロエラに見つかり、小屋に連れ戻された。

『万が一、お前が黒精霊から祝福を受けたことが知られたら、光の魔力の名門であるバスカイル家の名が地に落ち、魔法薬が売れなくなる。虹の乙女となるアメリアの足も引っ張ることになるんだぞ！　わかっているのか！』

そう繰り返し伯父夫婦に怒鳴られ続け、ルーリアは泣きながら謝り続けた。

怒号は、恐怖と怯えで萎縮したルーリアの力が暴走しかけ、戸口のランタンの中にあった魔法石が砕け散ったところで終わった。

泣き疲れてぐったりとしているルーリアを小屋に残し、伯父夫婦は外へ出た。その直後、ランタンを取り外しながらぽつりと発せられたディベルのひと言に、ルーリアは思わず悲鳴を上げそうになる。

『再び逃げ出すようなら、もしくは力の暴走を止められなくなった時は……消すしかないな』

命を消される恐怖に震え上がったが、すぐさま『大丈夫。まだ大丈夫』と小声で自分自身に言い聞かせ落ち着こうとした。

そこから、ルーリアはどれだけ両親が恋しくなっても、勝手に小屋を出ようとは思わなくなり、感情を露わにすることもなくなっていった。

＋　＋　＋　＋

先日クロエラが発した『最後』というひと言と、ここ最近しっかり魔力を抑えきれていないことから、自分はこのままでは消されてしまうのではとルーリアは不安になっていた。

(みんなの迷惑になるなら、いっそ私なんて……)

冷静な面持ちのまま床を照らす冷たい月明かりをぼんやり見つめていると、戸口の向こうでカタリと音が鳴った。

「……起きていたか」

物音に続いて聞こえた囁き声に、ルーリアがびくりと体を震わせて顔を向けると、灰色の外套を着たアズターがランタンを片手に持って、小屋の中に入ってきた。

こんな夜遅くの突然の父親の来訪にルーリアが「お父様?」と思わず声を上げると、アズターが慌てて唇の前に人差し指をかざし、静かにするように要求する。

「お願いだ。何も言わずこれを羽織って、父さんについてきてくれ」

言いながら渡されたのはアズターが着ているものと同じ色の外套で、ルーリアは戸惑いの眼差しを返す。

「……これはいったいどういうことですか?」

アズターは外套を握り締めたまま羽織ろうとしないルーリアと真剣な顔で向き合った。

「この前も言ったが、お前を嫁に出すことに決めた」

ルーリアはわずかに目を見開いた後、怖がるように首を横に振る。

「伯父様と伯母様は、私を嫁になど出さないとおっしゃっていました」

「兄さんたちに許可はもらっていない。これは俺が勝手に決めたことだ。行こう、ルーリア」

「行けません。黒精霊から祝福を受けている私を嫁にもらった男性は不幸にしかならない。その家族にだって迷惑がかかる」

「大丈夫。話がついている。彼ならルーリアを任せられる」

アズターの口調から相手に信頼を置いているのが伝わってきて、ルーリアは思わず口を閉じた。

（相手はルイス・ギードリッヒ様？　それとも……）

自分に縁談を持ちかけてきたルイスだけでなく、自然とカルロスの顔も思い浮かべてしまい、ルーリアは慌てて想像をかき消した。

とにかく、アズターがどれだけ本気だったとしても、ルーリアには簡単に頷けない理由があり、勇気を振り絞ってそれを言葉にした。

「私、ここから勝手に出たら……消されます」

ルーリアから声を震わせての告白を聞いても、アズターの神妙な面持ちは崩れなかった。ランタンを床に置き、ルーリアの右手を握り締めると、硬い声音で言葉を返す。

「ここに残っても同じことだ。兄さんたちはそうすべく計画を立て始めた」

恐れていたことが現実になろうとしていたことに、ルーリアは息をのみ、右手で口を覆う。

「守ってやれなくてすまなかった。もっと早く覚悟を決めるべきだった。お前にはここから出て、少しでも長く生きて欲しい」

握り締められたアズターの手は震えていて、言葉の真剣さと本気さが痛いほど伝わってくる。

「お相手の方は、こんな私を本当に受け入れてくださったのですか？」

浮かんだ疑問をぽつりと言葉にしたルーリアに、アズターは力強く頷いた。それを見て、ルーリアは躊躇いや不安と向き合うように唇を引き結んだ。

（ここにいたら、もうすぐ私は殺される……でも私は、まだ死にたくない）

ルーリアは大きな父の手に自分の左手を重ね置く。小さく頷きかけるとその手が離れ、ルーリアは渡された外套を羽織った。

「お父様。ありがとうございます。お願いします」

ルーリアが深く頭を下げると、アズターはほんの数秒泣き出しそうな顔をし、「すぐに出よう」と短く囁きかけた。

結界の役目をするランタンを持つように促され、ルーリアは「それならこれも」と王妃の誕生日パーティーでつけていた髪飾りを掴み取る。効果はまだ少し残っているため、ないよりはましだろうと考えたのだ。

髪飾りをつけた後、ランタンをしっかりと持って、ルーリアはアズターと共に小屋を出た。

いつもは鍵が閉まっている通用口から敷地の外へと出て、薄暗く人の気配のない町の中を足早に進んでいく。

後ろを振り返らずに二、三回道を曲がったところで、通りの先にアズターと同じような外套を着た女性と馬の姿を見つける。

「お母様！」

思わずルーリアが呼びかけると、ジェナもルーリアたちに気づいて、馬を引いて歩み寄ってくる。

「ここまで問題なく？」

「ああ。まだ気づかれていないはずだ」

ジェナはアズターに確認すると共に手綱を手渡し、ルーリアへと体を向ける。

「ルーリア、今まで守ってあげられなくて、不甲斐ない母親でごめんなさい」

目に涙を溜めてそう話しかけると、ジェナはルーリアの頭をそっと撫でた。

「お母様、私こそごめんなさい。あれはお母様のネックレスだと聞きました。ちゃんとお返しするつもりだったのに……」

ずっと気に病んでいたことをルーリアが謝罪すると、ジェナがゆっくりと首を横に振り、そのままルーリアを抱き締めた。

「……謝らないで。ルーリアは悪くないってわかっているから」

アメリアによってネックレスの件では悪者にされているはずなのに、ジェナから迷いのない温かな言葉をかけてもらえて、ルーリアの目にも涙が浮かぶ。

「あなたの幸せを心から願ってる。どうか生きて」

ジェナはルーリアを抱き締める腕に軽く力を込めてからそっと体を離し、指先で涙を拭う。

「さ、そろそろ時間だ。乗ってくれ」

アズターは馬に跨り、ルーリアに手を差し出す。ルーリアは持っていたランタンをひとまずジェナに預けて、アズターの手を借りてその腕の間に収まるように馬の背に乗る。

「愛しているわ。ルーリア」

ランタンを受け取ると同時に、泣き顔のジェナから微笑みかけられ、ルーリアはうまく笑い返せぬままにじっと見つめ返した。

ジェナが後ろに下がると、アズターは馬の腹を蹴り、夜の闇に包まれた町の中を風を切って走り出す。

ルーリアは寝静まっている町並みに目を向けていたが、少しばかり続いた無言を打ち破るようにぽつりぽつりと話し出す。

「お父様もお母様も、私がいなくなってしまったら、伯父様たちにひどく怒られてしまいますよね」

ルーリアはジェナの泣き顔を目にしたことで自分がいなくなった後のことを想像し、本当にこのまま行ってしまって良いのかと複雑な気持ちになっていた。

「気にするな。ルーリアが生きていてくれればと、兄さんたちに逆らわなかったが、もうここまでだ。俺たちの覚悟はすでにできている。家を出ることになっても、後悔などしない。俺たちは兄さんたちに抗い続ける」

両親が伯父たちから理不尽な扱いを受けてしまうかもしれないと想像し、それでも、〝虹の乙女〟であるアメリアは伯父たちに大切にされ続けるだろうとも予想する。

アメリアの顔を思い浮かべると、唇の傷がちくりと疼いた気がして、無意識に傷口に触れる。

そして肝心の嫁ぎ先を確認していなかったことに気づいて、慌てて質問を投げかけた。

「あの、お父様、聞いていなかったのですが……」

カルロスとの出会いの場であるあの庭園が目の前に現れ、ルーリアは思わず口ごもる。

（あの場所で間違いない。思い出のこの綺麗なお庭をまた見ることができるなんて、嘘みたい）

いつかまたこの場所に来たいと思っていた。それは美しい風景を改めて眺めたいという気持ちもあったが、ここに来ればまたカルロスに会えるような気がしていたからだ。

さすがにこんな夜更けに彼はいないだろうが、それでも記憶の中にいる幼い彼には会えたような気持ちになり、嬉しくて心が温かくなる。

「もうすぐ着く……なっ！」

アズターが呟いた直後、目の前に現れた黒い影に、馬が驚いたように前足を上げて嘶《いなな》いた。

急停止したためルーリアは振り落とされそうになるも、アズターがルーリアもランタンもしっかりと支えつつ、なんとか手綱を操り、興奮している馬を制御する。

「黒精霊」

周りを見回しながら、いつの間にか自分たちが取り囲まれていたのを知り、アズターは忌々しげにその名を口にした。

黒精霊は十体近くいるが、困惑している間に近くの茂みから新たに一体這い出てきたため、足を止めていればもっと数は増えるだろうと予想できた。

「強行突破するぞ」

アズターの宣言を受け、ルーリアがランタンをぎゅっと抱き締めた時、黒精霊に足を噛みつかれ馬が再び嘶いた。

光の魔力をアズターが放ち、黒精霊は弾かれたように馬の足から離れたが、他の黒精霊たちは着実に距離を狭めてきているため、一斉に飛びかかられたらひとたまりもない。

「私、馬を降ります。お父様はすぐに逃げてください」

「何を言ってる。そんなことできるわけないだろう。目的地はもう目の前だ。だからここを切り抜けられれば、きっとなんとかなる」

「駄目です。それでは黒精霊を引き連れて行くことになります。迷惑をかけてしまう」

黒精霊の目はいつも通り、ルーリアだけを見ている。

自分が囮《おとり》になればアズターは逃げられると考え、ルーリアが訴えかけたその時、黒精霊たちの動きがぴたりと止まった。

不思議に思い目を瞠《みは》ると、黒精霊たちが怯えた様子を見せ始め、一体、また一体と逃げ惑う。

すべての黒精霊がルーリアの視界から消えたところで、代わりに馬の足音が近づいてきて、やがてひとりの男性が姿を現す。

「……カルロス様」

馬に乗ったその男性は間違いなくカルロスで、ルーリアは思わずその名を口にする。

カルロスにじろりと睨みつけられ、黒精霊たちはあっという間に夜の闇に紛れ込むように姿を消した。

（まさかカルロス様に会えるなんて）

驚きと嬉しさが入り混じり、ルーリアはそわそわと落ち着かないでいると、アズターが馬から降り、カルロスに頭を下げた。

「ルーリア、降りるんだ」

続けて、アズターからそう求められ、ルーリアはきょとんとしながらも、言われるがままにまずはランタンを手渡し、それからアズターに支えてもらって馬を降りた。

カルロスも軽やかに馬から降りると、ルーリアの前まで進み出る。

「迎えに来た」

「え？」

真っ直ぐ自分を見つめて伝えられた言葉の意味をルーリアはすぐに飲み込めない。瞬きを繰り返してから隣にいるアズターを見上げて「え？」と繰り返し疑問を投げた。

まったく理解できていない様子のルーリアを、カルロスは呆れ顔で見下ろす。

「なんだ、その反応は。何も聞いていないのか？」

「すまない。来る途中で詳しく話そうと思っていたのだが、周囲に気を張っていたらすっかり抜けてしまった」

ついでにアズターにも呆れた目線を送った後、カルロスは短く息を吐き出しつつ、ルーリアへ視線を戻す。

「まあ良いか。俺がお前の夫になる男だ。不満はあるだろうが、我慢しろ」

ルーリアはすぐさま首を横に振る。ルイスの元に連れて行かれるだろうと予想していたため驚きはあるが不満など少しもない。むしろ、カルロスのように素敵な男性に娶ってもらって良いのかと、申し訳なさを覚えてしまうほどだ。

そこでルーリアは唇の傷のことを思い出し、恐る恐る確認する。

「もしかして、カルロス様は私に結婚の申し込みを？」

「申し込みではなく、嫁にもらうという宣言だったら送りつけた。こうして父親とは話をしているのだから、他の誰かの許可など必要ない」

ようやくアメリアが怒り心頭だった理由がわかり腑に落ちると同時に、ルーリアは改めて口角の傷に触れた。

カルロスはルーリアから庭園の方へと視線を移動させ、眉根を寄せる。

「黒精霊がさらに集まってきてるな」

彼の指摘にルーリアは怯えた顔を庭園に向ける。先ほど取り囲んできた黒精霊たちが距離を置いてこちらを窺っているのにはなんとなく気づいていたが、確かに、その数が増えているように感じられた。

ランタンの魔法石による結界などではすぐに打ち破られてしまうだろう。黒精霊が近寄って来ないのは闇の魔力を斬れるほどの力を持つカルロスを恐れているからで間違いない。

「本当にあなたはすごい人だ。どうかルーリアをお願いします」

アズターは感服するかのようにそう告げると、外套の下から筒状に丸められた紙を取り出し、カルロスに差し出す。

受け取ったカルロスは留めてある紐をほどき、紙を広げた。

書面にさっと目を通すと、躊躇うことなく、紙の上で文字を書きつけているかのように指先を動かす。カルロスは小さく頷いた後、その紙をルーリアに渡す。

ルーリアは抱え持っていたランタンを地面に置いて、思ったよりも厚みがあり、しっとりとした重さを感じられる紙を緊張気味に受け取る。

「魔法で署名を」とカルロスから求められ、紙面に視線を落とした。

上部に【婚姻契約書】と書かれてあり、それに続いてつらつらと契約の文言が並んでいる。その下に記入欄がふたつあり、きらきらと輝いているカルロスの名前の隣に自分も記名すれば良いのだと理解する。

そして一番下に認め人の欄があり、ルーリアが書き込むべき欄の下にはすでにアズターの名前が書かれていた。

魔法での署名などしたことがないルーリアは戸惑うものの、カルロスがしていたように人差し指を署名欄へと近づけてみると、そこに温かさが生じて多くの光が舞い始める。

初めての経験にルーリアは目を大きく見開いた後、指先を動かして自分の名前をそこに書き連ねると、指先から魔力が吸い取られていった。

（魔法薬を作っている時の感覚に似ている）

そんな印象をルーリアが持った時、アズターがたじろぐ様子を見せた。ルーリアの魔力に反応するように、隠れていた黒精霊たちが一歩前に出てきたからだ。

ルーリアも恐怖に足を竦ませたが、カルロスが黒精霊たちのそんな行動よりも、自分に対して不審がるような視線を向けていることに気づき、一気に焦りが込み上げる。

「……も、もしかして、署名の仕方、間違ってましたか？」

それとも間違えたのは自分の名前の綴りの方である可能性もあると、ルーリアが改めて書面に視線を落とした時、カルロスがルーリアから髪飾りを掴み取った。

「これも呼び寄せになってる」

言うなり、カルロスは髪飾りを地面に投げ捨て、踏みつけた。すると、完全に砕けた魔法石から黒い影が立ち上り、すぐさまカルロスは剣を抜いて、それを真っ二つに切り裂いた。

ルーリアは目を大きく見開き、激しく動揺する。あれほどたくさんあった黒精霊たちの気配が一斉に引いていったことから、ルーリアではなく魔法石につられて寄って来ていたのは明らかだった。

「今のは闇の魔力。魔法石には伯父様の光の魔力が込められていたのに、どうして」

「光の魔力を隠れ蓑《みの》にして、巧妙に闇の魔力を流し込んだのだろう。相手はそれなりの使い手だ。面白い」

カルロスは壊した魔法石を掴み取ってじっと見つめた後、挑戦的な笑みを浮かべる。そしてルーリアから婚姻契約書を受け取り、確認後「問題ない」と呟いた。

「今夜はこれで失礼します。もし何かあったら、直接詰め所の第五部隊まで来てください」

婚姻契約書をくるりと丸め、紐で縛って元の状態に戻すと、カルロスはアズターに対して軽く頭を下げた。そして踵を返し自分が乗ってきた馬に向かって歩き出すが、途中で肩越しに振り返る。

「何してる。帰るぞ、ルーリア」

あっさりと、しかし当然のようにカルロスからかけられた言葉に、ルーリアの鼓動がとくりと跳ねた。

「はっ、はい！」

ルーリアは緊張の面持ちで返事をすると、足元に置いたランタンを抱え持って、カルロスに向かって走り出す。彼の隣に並んでから振り返ると、アズターはこちらに向かって深く頭を下げていた。

「こっちだ」

父親の姿を深く目に焼きつけてから、ルーリアも怯えや不安を乗り越えるように、今までにない一歩を踏み出した。

第三章　新しい生活

庭園から真っ直ぐに続く道を馬を引いたまま歩いていくと、バスカイル家と同じく高い壁に囲まれた大きな二階建ての屋敷の前にたどり着く。

「ここが俺の屋敷。今日からルーリアの家でもある。両親はとうに死んでいて、妹は嫁に出ている。今屋敷にいるのは、俺と同居人がふたり」

「……ご両親は亡くなっているのですか？」

「ああ。俺が十一歳の時、ルーリアと出会った少し後だったかな、黒精霊と闇の魔術師たちの襲撃を受け亡くなった。両親だけじゃなく、この屋敷で働いていた者も含めて……俺と妹と今一緒に住んでいるふたり以外すべて」

声は淡々としているが、その瞳は怒りに満ちていて、考えなしに聞いてしまったことをルーリアは後悔する。

カルロスは門を押し開けて、ルーリアに中へ入るようにと眼差しで促し、ルーリアは恐る恐る門をくぐり抜けた。

高い壁があるため外からはわからなかったが、庭には花壇がたくさんあり様々な花が咲き乱れ、その先には小さいけれど東屋《あずまや》もあった。

「とても綺麗。いい匂い」

庭に満ちている花の香りをルーリアが胸いっぱいに吸い込んだ時、花壇の辺りから小さな何かが慌てた様子で飛び出してきて、思わず目を丸くする。

《カルロス坊ちゃん。こんな夜更けに、しかも騎士団の制服も着ずに出て行くから珍しいなと思っていたら……まさか若い女性を連れ帰ってくるなんて》

カルロスを坊ちゃん呼びするのは年老いた見た目の男の精霊だった。

ルーリアは黒精霊から祝福を受けていることもあり、これまで度々黒精霊は目にしてきたが、一般的な精霊の姿を見かけたことは二回しかない。

そもそも精霊自体が滅多にお目にかかれる存在ではない。話しかけられただけでも驚きだというのに、手にはスコップとじょうろを持ち、服はところどころ土で汚れていて、庭仕事をしていたとわかる生活感溢れる姿を見せられ、ルーリアは唖然とする。

そんな希少な精霊に対し、「ああ忘れていた、もう一体いた」とカルロスはぼやいた。

「彼はセレット。見ての通り精霊。この屋敷に勝手に住んでる」

すぐさま丁寧に頭を下げてきたルーリアに、セレットは眩しいものを見るような顔付きになる。

《老いぼれ精霊に対してそのように敬意を示してくれるなんて、なんて素敵な女性だ。それに比べてカルロス坊ちゃんときたら、付き合いの長いこの儂《わし》を雑な紹介で済ませおった……で、

こちらの女性は？》
打って変わって、セレットはカルロスを嘆かわしげに見やった後、ルーリアのことを詳しく教えて欲しそうに催促する。
「彼女は俺の結婚相手だ」
《そうか結婚相手……おい、そんな相手がいたのなら、もっと早く紹介しろ》
「今、紹介したんだからそれで良いだろう。さっさと納得して受け入れろ」
冷たく言い放ったカルロスに、もちろんセレットは納得などせず、《良くないだろう。そもそも言い方からして納得できん》とぶつぶつ文句を言い始める。
セレットはルーリアへと何気なく視線を戻したが、何か引っかかりを覚えたように目を細めた。あまりにもじっと見つめてくるため、ルーリアが居心地の悪さを覚えて体を小さくした時、セレットが再び口を開いた。
《家族など作らないとずっと言っていたのに、どういう風の吹き回しかと思ったが……なるほど、お嬢ちゃんは訳ありか。娶ったというより、引き取ったといったところか。難儀な男だ》
はっきりと明言しなかったが、黒精霊から祝福を受けていることを今の一瞬で見抜かれたのだと気づき、ルーリアは顔を強張らせた。
そこで、カルロスは自分のことをどこまで知っているのか、黒精霊から祝福を受けたことまで知らずに婚姻話を了承してしまったのではと恐くなり、ルーリアはカルロスを見上げた。

彼は特に動揺する様子はなく、セレットに「余計なことは喋るなよ」とだけ念を押し、厩舎に向かって歩き出した。ルーリアもセレットに頭を下げてから、カルロスを追いかけた。

厩舎で馬を休ませてから、静かに開けられた裏の勝手口から屋敷の中へと足を踏み入れる。

同居人たちもまだ就寝中のようで、しんと静まり返っている屋敷の中を進む。カルロスから「暗いから足元に気をつけて」と声をかけられながら、ルーリアは階段をゆっくり上がっていった。

二階の長い廊下の途中にある扉の前でカルロスは足を止め、ノックすることなく押し開け、室内に入って行った。

テーブルの上にある蝋燭《ろうそく》や壁に設置されたランプの中の蝋燭に、カルロスは手をかざして火を灯した。部屋の中をほのかに明るくしたところで、恐る恐る室内に入ってきたルーリアの方を振り返る。

「ここがルーリアの部屋だ」

「……私の部屋」

ルーリアの唖然とした表情を見て、カルロスはわずかに肩を竦めてみせた。

「新しいものに買い換える時間が足りず、すべて古いままで悪いが、ひとまず我慢してくれ」

この部屋は十年ほど使われていない。もちろんルーリアを迎えるにあたって掃除はしっかりしてもらったが、新調したものはないため、カルロスの目にはすべて古めかしく写っている。

それはルーリアも同じであるはずで、むしろバスカイル家の令嬢であり、高価で真新しい家具や調度品に囲まれて生活していただろう彼女の目にはみすぼらしく見えているに違いないと、カルロスは考える。

彼女の唖然とする表情の下に嫌悪感が渦巻いているだろうと思っての発言だったが、ルーリアはカルロスに対して恐れ多い様子で首を横に振る。

「いいえ。家具は新品みたいに綺麗だし、ブランケットはとってもふわふわで柔らかくて破れたり汚れたりしていないし、窓からは隙間風だって入ってこないし。こんなに素敵なお部屋を使わせていただけるなんて、ありがとうございます」

ベッドに歩み寄って掛け布団に触れつつ部屋の中を見回したルーリアはどことなく嬉しそうで、言葉に嘘はないことが伝わってくる。

「俺の配慮が足りないばかりに気を使わせてしまってすまない。近いうちに買い換えると約束する」

令嬢らしからぬ発言にカルロスは苦笑いを浮かべつつ、窓の向こうの明るくなり始めている夜空へと目を向けた。

「話は後にしようか。少し休んだ方が良い。俺は隣の部屋にいるから何かあったら声をかけてくれ」

ルーリアは頷くと、ずっと抱え持っていたランタンをテーブルの上に置き、羽織っていた外套を脱いで両腕で抱え持った。

カルロスはランタンの中で輝いている魔法石をじっと見つめて、そしてルーリアの様子にもちらりと目をやってから、「おやすみ」とだけ呟いて部屋を出て行った。

部屋にひとりになり、改めて室内を見回すと、ようやくあの小屋から飛び出したのだという実感が湧いてきて、思い出したように疲労感に襲われる。

ポールハンガーに外套をかけると、再びランタンを抱え持ち、そのままベッドの上に腰掛けた。扉の開閉音に続いて、隣の部屋から微かな物音も聞こえてきて、カルロスの気配に耳を澄ませながらルーリアは視線を下げる。

（カルロス様は私が黒精霊を呼び寄せていることに気づいていらっしゃるけど……それが、黒精霊から祝福を受けたからだということを知っているのかな。もしも、バスカイル家の恥だからとお父様がそこまで言っていないなら、ちゃんと伝えるべきよね）

アズターからすべて聞いていて、その上で自分を迎え入れてくれたのであって欲しいと、ルーリアは切に願う。

しかしそうでないなら、災いの種となるような娘を押しつけやがってと怒らせてしまうだろう。そうなればすぐに屋敷から追い出されることになり、生きていく術のないルーリアなどあっという間に路頭に迷うことになる。

誰にも迷惑をかけずにそのままひっそりと息絶えるならそれでも構わない。しかし、魔力を暴走させ、呼び寄せてしまった黒精霊に捕らえられ、闇の力に飲み込まれてしまったらと考えると、ルーリアは恐怖に震える。

「知っていても、知らなくても、カルロス様やここに住んでいる方たちに迷惑だけはかけないようにしなくちゃ」

手元にある魔法石はこのひとつだけ。結界の役目をしているこれを絶対に壊してはいけないとルーリアは強く心に決めて、この先の不安を押し殺すようにランタンをきゅっと抱き締めた。


それから程なくして夜が明ける。庭の木々から鳥の囀りが響き始めると、庭いじりをしていたセレットがひと休みするべく、東家へ向かって歩き出した。

まだ屋敷がしんと静まり返っている中、カルロスは静かに自室を出ると、足音を立てずに廊下を進んでいく。向かった先は物置になっている屋根裏部屋で、そこでお目当てのものをいくつも引っ張り出した。

「多ければ多いほど良いだろう……確か外の物置小屋にもあったはず」

ぽつりと呟いた後、とある作業を始める。二階の廊下を行ったり来たりした後、カルロスは一階に下りて、外へと出た。物置小屋から、目的のものをあるだけ引っ張り出し、すべて居間へと運ぶ。各部屋や廊下などをひと通り見た後、居間に戻って作業の手を動かしていると、背後から呆れた声で話しかけられた。

「カルロス坊ちゃん。おはようございます」

ゆるりと振り返ったカルロスの目に、彼が幼い頃からジークローヴ家に仕えている侍女のエリンの姿が映り込む。癖のある茶色の髪を後ろでひとつに束ね、少しばかりふくよかな体型で、五十代となったばかりの女性だ。

「おはよう、エリン。そっちこそ早いな」

「ええ。いつもはもう少し寝ているのですが、物音に起こされてしまいまして」

遠回しにうるさいと言われてカルロスは遠い目をし、「それは災難だな」のひと言で片付けた。

「朝早くからいったい何をされているのですか？」

「彼女にとって生活する上で必要なことだ」

曖昧な返答を聞いて、エリンはわずかに顔を顰めた。

「夜更けにどこかに出かけられましたね。まさか、その彼女とやらを連れ帰ってきたなんて言わないでくださいね」

「その通りだ。俺の隣の部屋で寝てる」

さらりと事実を述べるとエリンが右手で頭を抱えて大きくため息をついたため、カルロスは不満げに目を細める。

「言ったはずだ。近いうちに嫁をもらうと」

「はいはい、確かに聞きました。しかも相手はあのバスカイル家の娘だとも。あの家の者たちは光の魔力の優秀さ以上に高慢さが目立ちます。私も何度嫌な思いをさせられたことか」

「……それは否定しないが、違う者もいる」

「でも坊ちゃん。町で噂を小耳に挟みましたが、虹の乙女としてチヤホヤされてきたからか、とっても我がままな性格をされているらしいじゃないですか」

遠慮なく自分の考えを並べていくエリンの後ろから「こら、エリン」と嗜《たしな》めるように低い声がかけられた。

ふたりの元に歩み寄ってきたのは、エリンの旦那である五十代後半の大柄な男、レイモンドだった。

「カルロス坊ちゃんが伴侶に選んだお方を悪く言うのはやめなさい。ようやく愛し愛される相手を得て、結婚する気持ちになったのだから、俺たちはカルロス坊ちゃんの幸せを喜ばなければ」

「そうね。口が過ぎました。申し訳ありません」

エリンは自分の発言を反省し心から謝罪するが、当のカルロスは気にしている様子などまったくなく、肩を竦めて言い放つ。

「構わない。俺もアメリア・バスカイルは鬱陶《うっとう》しいと思っているから、むしろ同意見」

「……それならどうして嫁に？」

「俺の相手は妹ではなく、姉のルーリアだ」

「姉、ですか？」

アメリアを連れ帰ったと思い込んでいるエリンに対し、カルロスは訂正を入れる。すると、エリンは目立って表に出てこなかったルーリアの存在を知らなかったようで目を大きく見開いてみせた。

「それとこの結婚に幸せなど望んでいないし、愛なんてものも生まれない。互いの利害が一致したから婚姻を結んだまでだ。同居人がひとり増えただけだと思ってくれて良い。それと、そう遠くないうちに、彼女のことで色々と手を借りることになると思う。一応頭に入れておいてくれ」

続けてカルロスから発せられた爆弾発言に、なんだか思っていたのと話が違うぞといった様子でエリンとレイモンドは顔を見合わせた。

「とりあえず、お仕事に行かれる前に必ず私たちに花嫁様を紹介してくださいね。お願いしますよ」

気を取り直すようにエリンが注文をつけると、カルロスは「了解した」と呟き、話はこれで終わりだと言わんばかりに再び作業を始めた。

エリンはその姿を物言いたげに見つめていると、レイモンドから腕を軽く引かれ、小さくため息をつく。ふたりはカルロスに背を向け歩き出すが、やはり黙っていられなかったようで、エリンはぶつぶつと独り言を言い始めた。

「真夜中に花嫁を迎える時点で、そういうことだと察するべきでした。そもそも、坊ちゃんにはずっと気にかけているお相手がいらっしゃいますものね。その方が見つかれば最良でしたのに。本当にうまくいきませんね」

それを耳にしたカルロスは、作業の手を止め、肩越しにエリンたちを振り返る。そのお相手はまさにルーリアその人であると告げようとしたが、それを報告する義務はないと思い直して口を閉じた。

そのままひとりで作業に集中していると、今度は廊下でエリンが驚きの声を上げたのが聞こえてくる。

「まあ、ここにも魔法石が……あそこにも！　まるで聖域ね。バスカイル家の娘さんはここまでしないと暮らしていけないのかしら。変わっているわ」

遠ざかる足音と共に、理解できない様子のエリンにレイモンドが「エリン、やめなさい」と再び注意する声が続き、それらを聞いていたカルロスが「まあそんなものだ」と認めるように小声で独りごちた。

「外にもいくつか設置しておきたいが、これだけでは心許ないな。レイモンドに購入しておくように頼んでおくか」

テーブルの上にはランタンと魔法石がふたつずつ置かれている。今カルロスが向き合っているランタンの中には魔法石があり、光り輝いて存在感を示していた。

ランタンと魔法石を抱え持って外に出て、屋敷正面と裏門の二箇所にそれぞれランタンを設置すれば、ひとまず今できることは終了となる。

カルロスは屋敷の中に戻ると、炊事場でエリンが食事を作っている気配を感じながら廊下を進み、一階の奥にある書斎へと足を運んだ。

そこで精霊に関する書籍を何冊かかき集めると、それを抱えて二階の自室へと戻った。文机の上にそれらを置くと、カルロスは椅子に腰掛け、一番上の本を手に取った。

（果たして俺の欲しい情報はあるだろうか）

屋敷にある本にはひと通り目を通してあり、その中で、精霊のことについて書かれていたと記憶しているものを持ってきたのだ。ぱらぱらとページを捲《めく》り、二冊目、三冊目へと手を伸ばした後、カルロスはため息をついた。

精霊に関する記載はあっても、【人と同じ見た目をしており、体が小さい】とか【大地と光の魔法を得意とする者が多い】や【臆病で人が近づくと姿を隠す】など、誰もが知っている基本的な情報しか載っていない。

ましてや黒精霊に関しては【闇の魔力を扱う。姿を見かけても刺激を与えてはならない】のみ。

本を閉じて四冊目に手を伸ばした時、机上の五角柱の小さな箱の中からかたりと音が鳴り、カルロスは目だけそちらへ向けた。

箱の側面は一部分にガラスが張られていて中が見えるようになっていて、中には昨晩カルロスが真っ二つに割ったルーリアの髪飾りの魔法石が入っている。

それがわずかに動いていて、尚且つカルロスの目にはまだ石の中で闇の魔力が蠢《うごめ》いているのが見えた。

その動きがまるでルーリアを探しているかのようで、カルロスは「鬱陶しいな」と忌々しげに呟く。ふと気になって隣の部屋へと目を向けた後、本をぱたりと閉じて椅子から立ち上がる。

（魔力の乱れを感じる。一応様子を確認しておくか）

自室を出て、ルーリアがいる部屋の前まで移動すると、寝ているだろうと考えながらも軽くノックをした。やはり無反応で、カルロスは少し躊躇ったものの、静かに扉を開けて室内に踏み込んだ。

ルーリアはブランケットもかけぬまま、ベッドの上に体を横たえて眠っている。体のすぐ近くにはランタンが置かれていて、その中で弱々しく魔法石が輝いていた。

カルロスは歩み寄り、ルーリアの様子を窺う。寝顔はあどけなく、幼い頃の面影が残っていて、ずっと探していた少女が目の前ですやすや眠っている光景が何だか不思議に思えてくる。

柔らかそうなはちみつ色の髪、白くて綺麗な肌、長いまつ毛、小さな唇。つい観察してしまっている自分に気づき、苦々しい気持ちになった瞬間、ルーリアの表情が苦しそうに歪んだ。

「……来ないで……こっちに、来ないで……」

彼女から感じ取った光と闇のふたつの魔力に、カルロスはぞくりと背筋を震わせる。考えるよりも先にルーリアの手を掴み取ると、光の魔力の守りを固めるべく、彼女の魔力の流れに沿うように己の力を分け与えた。

真夜中、ルーリアは恐れていた通りに悪夢にうなされる。何かを訴えかけてくる黒精霊から逃げ出そうとするが、足が思うように動かず倒れ込んだ。

大きな黒い影を纏った小さな姿が徐々に迫ってくる。恐怖に慄き、体の中で光の魔力が騒めいたその瞬間、ルーリアの手が温かさで包まれ、黒精霊の姿がかき消されていった。

「……リア……ルーリア。大丈夫か？」

「……カルロス様」

凛とした声に導かれるようにゆっくりと目を開けて捉えたカルロスの姿にルーリアは大きく安堵した後、自分の手を掴んでいるカルロスの温かな手をぼんやりと見つめた。

「うなされていたからだ」

すぐさまカルロスが手を離して気まずそうに説明すると、ようやくルーリアも触れ合っていたことに気づき、動揺したように瞳を揺らした。

頬を赤らめながら体を起こすと、窓の向こうに明るい青空が広がっているのが見え、ルーリアは眩しげに目を細めた。

　そこでルーリアはハッとしたように自分の胸元に両手を添えた。体の中に、自分のものとは異質でいて、極めて良質な魔力があることに気づいたからだ。

「あのもしかして、私に力を与えてくださいましたか？」

「ああ。バスカイル家ほどとはいかないが、俺も光の魔力はそれなりに扱える」

「そうだったんですね。カルロス様の魔力はとても温かくて、心地良いです」

　少しばかり口元を綻ばせたルーリアに、思わずカルロスは目を奪われた。すぐさま彼はそんな自分に気まずさを覚えて顔を逸らすと、ルーリアと距離を置くように窓へと進んでいく。

「おかげで今朝は魔力を暴走させずに済みました。ありがとうございます」

「魔力の暴走とやらは毎朝のことなのか？」

「はい。最近はほぼ毎朝です。だから、伯父様と伯母様に迷惑をかけてしまっていて……」

　カルロスからの疑問に答える途中で、怒声を浴びせてきたディベルや叩いてきたことも何度かあったクロエラの姿を思い出してしまい、ルーリアは顔色を変えて言葉を途切らせる。

　彼から先を促すように眼差しを向けられても、ルーリアは言葉を続けられず、視線から逃げるように顔を逸らした。そして、ベッドの上のランタンへと手を伸ばし、魔法石を確認した後
「良かった。割れてない」とホッとしたように呟いた。

　口を閉ざしてしまった彼女にカルロスは小さくため息をつく。窓の外から庭を見下ろすと、

花壇の近くに立っていたエリンと老精霊のセレットが、見上げるようにしてカルロスへと顔を向けてきた。

セレットは意味ありげに微笑み、エリンは片手で頭を支えて少しばかり不満そうな様子を見せてから屋敷に向かって共に歩き出す。

カルロスはそんなふたりを見下ろしながら面倒そうに顔を顰めた後、ルーリアへと体を向ける。

「朝食の準備ができたようだ。ついでに同居人たちにもルーリアを紹介するから、共に食事をとろう」

促されてベッドを降りたが、ルーリアの足はそこから先に進まない。しばらく躊躇った後、思い切るように口を開いた。

「……あの、カルロス様。その前に少しだけ良いでしょうか」

「なんだ？」

「王妃様の誕生日パーティーだけでなく、子供の頃も、黒精霊から助けてくださってありがとうございました。本来ならもっと早くお礼を言うべきだったのに本当にごめんなさい」

深々と頭を下げるルーリアの姿に、エリンがバスカイルの血筋でも謙虚な者もいると早急に考えを改めてくれるようカルロスは願った。

「礼など必要ない。まして先日のことは任務を遂行しただけだ」

淡々と答えてすぐに部屋を出て行こうとするカルロスを、「あのっ、もうひとつだけ」とルーリアは呼び止める。

「カルロス様は、父から私のことをどこまで聞いていらっしゃるのですか？」

ルーリアは緊張の面持ちで、足を止めて振り返ったカルロスからの返答を待った。しかし、カルロスはルーリアの言う『どこまで』という言葉の意味を測りかねるように眉間に皺を寄せて腕を組む。

ルーリアは震え出した手をぎゅっと握り締めると、勇気を振り絞ってもう一歩踏み込む。

「もし聞いていないようなら、ご迷惑をおかけする前にカルロス様に早めに話しておかなければと思いまして。じ、実は私、出生時に……」

誰かに自分のことを打ち明けるのは初めてのことで、緊張感に支配される。

ここまで頑なにルーリアの存在をバスカイル家が隠してきた理由は、不吉とされる黒精霊からの祝福は不名誉であり、恥でもあるためだ。

もし何も知らなかったら、カルロスもルーリアを嫁にもらってしまったことを〝恥〟だと思うかもしれない。彼に幻滅されるのではと考えたらルーリアは恐くて堪らなくなり、最後まで言い切れず俯いてしまう。

しかしすぐにカルロスが理解した様子で小さく頷き、言葉を引き継いだ。

「黒精霊から祝福を受けたという話か。それなら聞いている」

カルロスが表情も変えず、なんてことない口調であっさりと認めたため、逆にルーリアが呆気に取られたように目を見開いた。

「……そ、そうですか。ちゃんと聞いているのなら、少し安心しました」

「さっきうなされていた時、光と闇の魔力の混濁を感じたのだが、暴走の兆候があったということだな」

知らず知らずのうちに、彼が自分の中にある闇の魔力と相対していたことを告げられ、ルーリアは大きく驚く。その驚きは自分がそういう状況に陥っていたことではなく、闇の魔力をしっかり感じ取った後でも、カルロスにルーリアを邪険に扱う素振りがまったく見られないことだった。

「私の存在を不吉だとか、嫌だとか思わないのですか？」

「思わない。精霊から祝福を受けるということ自体が滅多に起きない中で、しかも黒精霊からだなんてと驚きはしたが、どうしてあの子は黒精霊に狙われていたのかという子供の頃からの疑問が解けてすっきりしたくらいだ」

伯父や伯母は、ルーリアの中に根を張っている闇の魔力がほんの少しでも見え隠れすると、恐れ慄くように動転し、怒鳴りまくっていた。

その違いに逆にルーリアが動揺するものの、王妃の誕生日パーティーでの黒精霊との遭遇時はもちろんのこと、子供の時ですら臆することなく立ち向かっていた彼の姿を思い返せば、カルロス・ジークローヴという人間との格の違いというものを目の当たりにしたような気持ちにさせられていく。

「魔力が暴走するとはどういうことだ。戦いの場で命の危機に直面して、いつもより力を発揮できたことならあるが……さすがにそういうことではないよな」

首を傾げて考え込んだカルロスと同じように、ルーリアも難問を解く時のような顔つきとなる。

「私自身もよくわかっていないのですが、感情によって光の魔力が増幅することがあります。その時、私の中で息を潜めている闇の魔力が、光の魔力を餌にして大きくなって、それに反発するようにまたさらに光の魔力が膨んで、ふたつの魔力がせめぎ合って暴走に繋がってしまうような……」

言いながら恐くなって、ルーリアは両手で自分の体を抱き締めた。

「今まではかろうじて、光の魔力で抑え込むことができたのですが、闇の魔力に負けて取り込まれてしまったら、私はここにいる皆さんを傷つけることになるかもしれません」

嫌な未来の予想に表情を曇らせたルーリアをカルロスはじっと見つめた後、組んでいた腕を解き、片手を顎に添えて、足元に視線を落として再び考え始める。

「光と闇は相性が悪すぎるからな。だからこそ、どうして黒精霊がルーリアに狙いを定めたのか気になる。闇の世界に取り込みたいだけなら、水や風など他の魔力を持つ赤子を狙った方が簡単だ……黒精霊、いや、精霊からの祝福について、やはりもっと深く知る必要がありそうだな。図書館の文献をあさってみるか」

今度はルーリアが、独り言のようにぶつぶつと自分の考えを述べるカルロスをじっと見つめる。黒精霊から祝福を受けたことで、腫れ物を扱うように接してくる者はたくさんいたが、これほどまで親身になって自分のことを考えてくれた人はいなかったため、ルーリアは嬉しくて胸が温かくなっていく。

「不幸をもたらす存在でしかない私のことを引き受けてくださってありがとうございます。わかっていましたけど、カルロス様はお優しい方ですね」

媚びている様子もなくそんなことを言ってきたルーリアにカルロスは面食らった顔をし、首を大きく横に振った。

「いや、俺にもメリットがある。黒精霊は闇の魔力を扱う者たちと繋がっている。俺はそいつらが憎い。人生をかけてそいつらを根絶やしにするつもりだ。だから、ルーリアにつられていくらでも近寄ってくれれば良い。迎え撃ってやる」

強い口調で思いを告げられ、両親を失った過去が彼の心に影を落としているのを感じ取り、ルーリアの胸が痛んだ。

「手元に置いておくために結婚という形をとったが、夫婦になろうなんて思っていない。だからルーリアも無理に夫婦になろうとしなくて良い。もし今後ルーリアの中の闇の魔力が消え失せることがあれば、すぐにでも離婚に応じてやるから安心しろ」

思わずルーリアは息を詰め、その後、納得するように小さく頷いた。カルロスは戸口まで足を進めると、黙って俯いているルーリアへと踵を返す。

「それと、ルーリアが自我を失い、闇の魔力を使ってこの屋敷の者たちを傷つけるようなことがあれば、俺はお前を闇の者とみなし、責任を持ってその命を終わらせてやる」

きっぱりと迷いなく告げられ、ルーリアはゆっくりと顔を上げ、カルロスを見つめ返す。

「……わかりました。私も殺されるならカルロス様の方が良いです。その時はひと思いにお願いします」

ルーリアは穏やかな声でそう返事をすると、カルロスの元へと近づいていく。

（この結婚には愛などないのだから、この条件は当然だわ）

頭ではちゃんと理解し受け入れても、いつかそんな時が来るかもしれないと思うと、ルーリアは少しばかり寂しさを覚える。

一方、殺すと宣言されたにも関わらず少しも取り乱さないルーリアを、カルロスはじっと見つめる。そして、近づいてきた彼女の手に当然のごとくランタンが握り締められているのに目を留めると、それを素早く取り上げた。

「これは置いていけ」

さっきは顔色ひとつ変えなかったというのに、ルーリアは大きく息をのんだ後、青ざめた顔になり、ぶるぶると首を横に振る。

「こ、これだけは駄目です。手放せません」

「邪魔だ。必要ない」

「わっ、私にとっては、必要なものです。実は魔法石に光の魔力が込められていて、結界代わりになっていて闇の魔力が抑えられています。これがないと、皆さんにご迷惑を……カルロス様！」

カルロスはランタンをテーブルに置くと、それを掴み取ろうとしたルーリアの手を素早く捕らえて、そのまま手を引っ張る形で共に部屋を出た。

ルーリアは怯えた様子で体を小さくしていたが、次第に廊下が光の魔力に満ちていることに気づいたらしく、驚いた様子で周囲をきょろきょろ見回し始める。

そこでルーリアは、カルロスが朝早くから設置していたランタンを見つけて言葉を失う。しかも、それはひとつだけではない。二階の廊下や階段、そして一階の廊下にいくつも並んでいる。案内された先は食堂で、そこの窓際や棚の上にもふたつほど置かれていた。

「カルロス様。これってもしかして」

「ああ。ランタンを持って歩くのは何かと不便だろう？　とりあえずこれで屋敷の中は自由に動き回れるはずだ。でも外は足りないから、まだ庭には出ないように」

（……すべて、私のためにしてくださったの？）

ルーリアは口元を両手で押さえ、わずかに肩を震わせ、目に涙を溜めた。

今にでも泣いてしまいそうな様子に、カルロスが「ちょっと待て」と慌てて声をかけたところに、エプロン姿のエリンが姿を現す。

「そちらがカルロス坊ちゃんの花嫁様ですね？」

先制攻撃を仕掛けるかのように棘《とげ》のある口調でエリンが声をかけるのと同時に、ルーリアがエリンの方を振り返った。瞬きと共にルーリアの目から涙がこぼれ落ち、「すみません」とすぐさまルーリアが顔を伏せる。

一瞬で毒気を抜かれてしまったエリンは、必死に涙を堪えているルーリアと同じく状況をのみ込めていない様子のカルロスを交互に見た。

「カルロス坊ちゃんが、意地悪なことを言ったのですね？」

「言ってない、はずだが……今は」

珍しくはっきり言い切らないカルロスにエリンが疑うような眼差しを向けると、ルーリアがふるふると大きく首を横に振った。

「私、カルロス様に意地悪なことなんてひと言も言われていません。逆です。お心遣いが嬉しくて。ありがとうございます」

カルロスに対して頭を下げながら、涙を堪えきれないでいるルーリアの姿に、エリンは「あらまあ」と呟き、ポケットからハンカチを取り出してルーリアに差し出した。

ルーリアはそれに戸惑いながらも、恐縮した様子で受け取ると、そっと目元に押し当てる。

エリンは頭に浮かんできた素朴な疑問をそのまま口にした。

「この方……カルロス坊ちゃんの花嫁様で合っておりますよね？」

「合ってる」

「ルーリア・バスカイルと申します。世間知らずでご迷惑ばかりおかけすると思いますが、よろしくお願いいたします」

ルーリアが丁寧に頭を下げたため、混乱したエリンは手で頭を押さえた。

「ハンカチ、ありがとうございます。洗ってお返しします」

「あらやだ、ご冗談を」

ご令嬢が自らハンカチを洗う訳がないとエリンは笑い飛ばしたが、もちろんルーリアはこれまでそうしてきたように自分の手で洗って返すつもりであったためきょとんとする。

そんなルーリアの反応にエリンは表情を固まらせた後、ぎこちなくもルーリアの手からハンカチを掴み取り、そそくさとポケットにしまう。

「奥様となられるお方にそんなことさせられませんよ。それより、ご挨拶させてくださいな。私、ジークローヴ家に仕えさせて頂いております、エリン・ファーカーと申します。お食事ができておりますので、どうぞお座りになってください」

エリンに軽く背中を押され、ルーリアは戸惑いながらもテーブルへと近づいていく。テーブルは十名ほどが着席できるくらい大きく、そこにはもうすでにセレットが座っていた。

《先に食事をいただいているよ》

セレットはカルロスとルーリアに向かってニヤリと笑うと、彼用の小さなグラスに入った飲み物を一気に飲み干して満足そうに息をつく。エリンが「こちらへどうぞ」と椅子に手を差し向けつつルーリアに話しかけると、セレットから《おかわりをいただけるか》と声をかけられる。すぐさまエリンは「朝っぱらから酒ばかり。これで最後だからね」と呆れた顔で答え、その場を離れていった。

いつもひとりで食事をしていたため、ルーリアは落ち着かなくて立ったままでいると、今度はカルロスが椅子を引いて「ほら座れ」と促してくる。

そこまでしてもらったなら座らない訳にもいかず、「はい」と小さく返事をし、ルーリアは椅子に腰掛けた。

カルロスもルーリアの隣に座ると、壁際に置かれている彼の背丈ほどの高さの柱時計へちらりと目を向ける。

「俺は食事を終えたら一度外に出る。用が済んだらすぐに帰ってくる予定だが、俺がいない間、何か困ったことがあればエリンを頼るように」

「はい。わかりました。お気をつけて行ってらっしゃいませ」

食事を乗せたワゴンを押して戻ってきたエリンは、女性に対して冷めた態度しか取ってこなかったカルロスが、気遣いの言葉を発していることについつい笑みを浮かべる。

しかし、続けてエリンはルーリアへと視線を移動させぎょっとする。よく見ると、ルーリアが着ている寝巻きは、ところどころ繕ったような跡もあり大変粗末なものだったからだ。

本当にバスカイル家のお嬢様なのよねと、本日何度目かの疑問を頭に浮かべて激しく動揺しながら、エリンはカルロスとルーリアの前にサラダとスープを並べて置いた。

「奥様、食事の後、屋敷の中を案内しますね」

「ありがとうございます。お願いします」

ルーリアは恐縮しながら返事をした後、スープから立ち上る湯気をじっと見つめた。

（温かなスープなんて久しぶり。サラダも瑞々しい）

たくさんの種類のパンやハムエッグなどエリンによって次々と並べられていく食事にルーリアが目を奪われていると、カルロスが思い出したように忠告する。

「……ああそうだ。準備が整うまで、俺がいない時にルーリアを屋敷の外に連れ出すのは絶対に禁止だ。庭も同様。彼女の命に関わることだから忘れるな」

「い、命だなんて」

そんな大袈裟なとばかりにエリンが呟くが、それを聞いていたセレットが口を挟んだ。

《お嬢ちゃんなら有り得る話だ。闇の魔力の影響を受ければ均衡が崩れて取り込まれる。大人しく屋敷の中にいた方が懸命だろうな》

「……闇の魔力ですって⁉」

セレットの言葉を聞いて、エリンが忌々しそうに声を上げる。それが闇の魔力に対する一般的な反応であり、ルーリアは現実に引き戻されたような気持ちとなり、顔を俯けて拳を握り締める。

「それも、時が来るまで口外するな。屋敷の者たちの間で留めておくように」

カルロスにぴしゃりと命じられても、理由がわからぬエリンは納得できない様子で再び口を開こうとする。しかし、ルーリアの華奢な体がわずかに震えているのに気づいてしまい、それ以上聞くことができなくなり、諦めるように短く息をついた。

「やはり何か訳ありなのですね。承知いたしました……さあ、お話はこれくらいにして、奥様、召し上がってくださいな」

エリンに促され、ルーリアはスープに手を伸ばし、器に指先が触れた瞬間、嬉しそうに呟いた。

「とっても温かい」

その程度で喜んでいるルーリアに、彼女のこれまでの境遇をそれぞれが察し、エリンは胸の痛みを覚えて顔を歪め、カルロスは苛立ったようにムッと顔を顰めた。とは言え、それをルーリアには見せずに、ふたりはすぐさま表情を元に戻した。

ルーリアはスプーンで飴色のスープをそっと掬って口に運ぶと、表情を一瞬で明るくした。

「美味しいです！」

「そう言ってもらえて嬉しいです。たくさんありますから、お腹いっぱい食べてくださいね」

ルーリアはエリンに「ありがとうございます」と感謝の言葉を述べてから、ひと口ひと口噛み締めるように食事を進めたのだった。


カルロスは手早く食事を済ませると、ルーリアに「行ってくる」とだけ告げて食堂を出た。

自室に戻ると、着慣れた騎士団の黒色の制服を身に纏い、魔法石の入った小箱をポケットに入れ、そして婚姻契約書を掴み取る。

これからエリオットに頼み事をすることに対し少しだけ気の重さを感じつつも、颯爽《さっそう》とした足取りで屋敷を出て、愛馬に跨って騎士団の詰め所へと向かう。

エリオットは上司ではあるが、幼い頃からの顔なじみであり、両親が亡くなってからは何かと気遣ってくれる兄のような存在である。頼りにしている一方で、気安さゆえからか何かとからかわれることが多く、つい面倒だと感じてしまうこともしばしばある。

すれ違う団員たちから「おはようございます」と次々と声をかけられながら廊下を進み、執務室の前で足を止めると、短く息をついてからドアをノックした。

「失礼します」

応答がなかったがドアノブを回せば扉が開いたため、ひと言断ってから室内に入った。ソファーに腰掛けて、手に持っている筒状の婚姻契約書に視線を落とすと、カルロスの脳裏にアズターが頼みがあるとひとりで訪ねてきた時の記憶が蘇ってきた。

＋＋＋＋

話を聞くべく庭園から屋敷の居間へと移動したところで、早速アズターが口を開いた。

『単刀直入に言います。私の娘を嫁にもらっていただけませんか？』

『は？』

まさかそんな話をされると思っていなかったカルロスは冷たくひと言返し、じろりと睨みつける。それにアズターは怯んだ様子を見せるが、すぐに強い眼差しでカルロスを見つめ返した。

『あなたに頼みたい。どうか娘の、ルーリアの命を救って欲しい』

ここ最近、カルロスは騎士団の任務で町を巡回している時、頻繁にアメリアに遭遇している。その度にあれこれ誘われ、うんざりしていたところに嫁の話を持ち出されたため、咄嗟に頭に思い浮かんだのが妹の方の顔だったのだ。

そういった理由でたっぷりと棘を含んだ声を返してしまったのだが、アズターの口から出た名前はルーリアの方で、思わずカルロスは動きを止める。

『俺は医者じゃない。命を奪うことは簡単だが、救うことはできない』

『では、ルーリアの命をあなたに預けたい。私はこのまま、あの子を失いたくない』

『それはどういうことだ』

『……内密にお願いします。ルーリアは出生時に、黒精霊から祝福を受けました』

わずかに声を落として告げられた事実にカルロスは息をのみ、目を瞠る。

『バスカイル家は光の魔力の名家として名を馳せ、光の魔術師としても最高位の地位を得ており、その高い信頼の下、回復や浄化などの仕事を請け負い、生成した魔法薬も高値で取引しています』

騎士団でもバスカイル家から購入した魔法薬は貴重品扱いで、誰でも気軽に使用できるものではなく、カルロスはアズターの言葉を認めるように軽く頷く。

『そのため、一族の中に穢れた力とされている闇の魔力を宿している者などいてはならないのです。誰にも知られないように、ルーリアを必死に隠してきました。しかし、ルーリアの光の魔力の暴走が頻出し、それに比例して闇の力も増幅し始め、正直我々の手に負えなくなってきていて……』

カルロスの脳裏を掠めたのは、幼き日の別れ際に見た光景だ。ルーリアへの態度が粗雑だった理由を知り、思わず拳を握り締めた。

『闇の魔力に飲み込まれれば、黒精霊だけでなく闇の魔術師も呼び寄せてしまうだろう。だから、危惧していることが現実になる前にと……娘はもうすぐ伯父夫婦の手によって消されます』

（いくらなんでもそこまでするはずは……）

そう考え、小さく笑い飛ばそうとしたが、どこまでもアズターの表情は真剣で、嘘でも誇張でもないのだと受け止めるほかなく、カルロスは表情を強張らせた。

『私はルーリアに生きていて欲しい。先日のパーティーでの活躍を目にし、娘が囚われている祝福という闇の鎖を断ち切れる強さを、あなたなら持っているような気がして、こうしてお願いに参りました』

『そこまで万能ではない。勝手に期待してくれるな。預かったところで、目の前で闇の力に飲まれでもした場合、俺はその命を確実に奪いに行くが良いのか？』

厳しい口調で覚悟を問うと、アズターはハッと息をのんだ後、力強い眼差しをカルロスに返した。

『その罪は私のものです。娘もひとりでは旅立たせません』

『……少し考えさせてくれ。返事は近いうちに必ず』

カルロスが考え込むように瞳を伏せると、アズターは大切なことを言い忘れていることを思い出し、付け加えた。

『それから、もうひとつ言っておかないといけないことが、実は私たち夫婦だけで留めておいたことなのですが……』

そこで、居間の扉がぱたりと開きエリンが顔をのぞかせたため、アズターは口を閉じた。

『まあお客様！　気づかずにすみません、今すぐお飲み物をお出ししますね』

『いえ。すぐにお暇《いとま》いたしますので、お気遣いなく』

慌てるエリンにアズターは幾分表情を和らげると、首を横に振って丁重に断る。そして、カルロスへと近づき言いかけたことを小声で告げる。

カルロスは驚きで大きく目を見開き、アズターは悔しそうに顔を歪めた。そして最後にアズターは『事実です』と弱々しく笑ってから、『何卒よろしくお願いいたします』とカルロスに深々と頭を下げ、そのままジークローヴ邸を後にしたのだった。


考えるとは言ったが、その時にはもうすでにカルロスの心は決まっていた。ルーリアを引き受けることに少しの抵抗も覚えなかったためだ。

その二日後、カルロスはアズター・バスカイル宛てにルーリアを嫁にもらうと返事をしたのだが、なぜかその返答が二通戻ってくることとなる。

一通はお断りの文言が書かれてあり、もう一通は差出人不明のもので【満月の夜が明ける頃、連れて行きます】とだけ書かれていた。

どちらがアズター本人の返事かをすぐに判断し、宣言通りその頃合いにカルロスは迎えに出て、黒精霊に取り囲まれている親子の元へ飛び込んでいくこととなる。

＋　＋　＋　＋

「ルーリアが家を出たことはいつまで隠し通せるのか。バレたら大変そうだな」

カルロスはルーリアが伯父夫婦の屋敷の裏にある粗末な小屋に閉じ込められていたことなど知らない。バレるまで時間の問題であることも想像すらしていないため、気軽な口ぶりでそんなことを呟く。

続けて「遅いな」と文句を口にしつつ時計に目を向けるとガチャリと扉が開き、カップ片手に鼻歌を歌いながらエリオットが部屋に入ってきた。

「カルロスじゃないか。確か、お前今日は非番だったよな、どうした？」

「書類にサインをお願いしたくて来ました」

「急ぎか。わかった」

ソファーから立ち上がったカルロスが机に向かったため、エリオットも自然と足早になる。

「いったいなんの書類だ」

「婚姻契約書です。認め人のところにサインを」

飲み物を口に含んだ後に、カルロスの口から飛び出した衝撃の台詞に、エリオットは激しくむせ返った。

「こっ、婚姻って、お前っ、いったい誰と……ルーリア・バスカイル!?」

エリオットは机上に広げて置かれた婚姻契約書の新婦の欄を慌てて確認し、そこに書かれていた名前にさらに大きな声を上げた。そしてゴホゴホと苦しそうに咳き込む。

「いつの間に。俺、紹介されてないんだが」

「紹介する必要が？」

「あるだろ。俺は上司である以前に、お前を弟のように思って可愛がっている」

熱く告げられた思いに、カルロスは目を細めて「……はあ」と呟き、それにすぐさまエリオットが「煩わしそうな顔をするな！」と指摘する。

「何でも良いんで、早くサインください。すぐに締結してしまいたいので」

「なんでそんなに急ぐ。彼女、ちゃんと合意してるよな？　お前に脅されてたり……」

「なぜ俺がそんなことを？」

何か言いたげなエリオットをカルロスはじろりと見下ろし、黙ったところで自署の下の唯一の空白となっている認め人の欄を指先でトントンと叩く。

早く書けという圧力に屈するように、エリオットは婚姻契約書を手に取り、署名を施していく。

「すぐに食事の場を設けろよ。じゃなきゃ、家に押しかけるからな」

エリオットのぼやきにカルロスは「はいはい」と返事をし、そして、ポケットから小箱を取り出して机上に置く。

「それとこれも調べてもらいたいのですが」

「なんだこれ」

エリオットは婚姻契約書をカルロスに手渡すと、代わりに五角形の小箱を手に取った。中に入っている魔法石をじっと見つめた後、硬い声音で感じたことを告げる。

「闇の魔力か」

「闇の魔力の他に、光の魔力、それとごくわずかだが水の魔力も残っています。闇と水は同一人物のものだと思われます。魔力紋から、どこの一族の者か割り出して欲しい。もちろん内密に」

「これは、新妻と何か繋がりが？」

それにカルロスは澄まし顔で肩を竦めてみせた。否定しないということは肯定と捉え、エリオットはニヤリと笑う。

「面白そうだな。引き受けた」

「恩に着ます」

カルロスはいつの間にか丸めた婚姻契約書を軽く掲げると、微笑みを浮かべて執務室を出て行った。

「良い顔しやがって」

滅多に見られない美麗な微笑みにエリオットは苦笑いする。そして、すぐさま扉がノックされたため、「どうぞ」と答えながら小箱を机の引き出しに隠した。

カルロスから大きく遅れて食事を終わらせたルーリアは、自室に戻ってぼんやりと窓の外を眺め続けていた。

「とても綺麗なお庭。きっとセレットさんが心を込めてお世話をしているからね」

花壇によって咲いている花の色が違うため目で楽しめ、わずかに開けた窓からは花の香りや、噴水から湧き出る水の音、鳥の囀りもしきりに聞こえてくる。

今まで生活していた小屋の窓から見えたのは屋敷と高い壁と薄暗く手入れされていない裏庭だったため、別世界に来た気分だ。

（伯父様の家で朝ごはんの残りが出たなら、そろそろ私がいないことを知られているかもしれない）

もしそうなら、ディベルとクロエラは焦りと怒りで大騒ぎをしているに違いない。

（お父様たちに被害が及んでいないと良いけど……でも、私が婚姻を結んだことを知ったら、確実にカルロス様には多大な迷惑をかけてしまうわね）

申し訳ない気持ちになり、ルーリアが瞳を伏せた時、扉がノックされ、エリンが「奥様、少し宜しいですか？」と声をかけてきた。

ルーリアが慌ててエリンの方へ歩み寄ると同時に、エリンに続いて白衣姿の男性が部屋に入ってきて、ルーリアに対して頭を下げた。

「紹介しますね。夫のレイモンドです」

「レイモンド・ファーカーです。本日の仕事場が騎士団の厩舎でして、すぐに戻らないといけないため、このような恰好ですみません……やっぱり、少し臭いますかね？」

まったく気にならないルーリアはふるふると首を横に振ってから、同じように頭を下げる。

「ルーリア・バスカイルです。こちらこそよろしくお願い致します」

「あらやだ。今頃坊ちゃんが婚姻の契約を締結させています。だからもう、ジークローヴですよ」

即座に訂正を入れられ、ルーリアはハッとする。

（夫婦になろうと思わなくて良いと言われてはいても、形式上はカルロス様の妻なのだから気をつけないと）

責任を感じてぎこちなく苦笑いすると、思い出したようにエリンがレイモンドへと問いかけた。

「屋敷の回復薬、まだ残ってた？」

「ああ。ふたつほど持っていくよ。でも屋敷の在庫は残りが少ないから、忘れずに買い足しておくか、カルロス坊ちゃんに生成をお願いしておいた方が良い……それでは奥様、また改めてご挨拶させてください」

レイモンドは穏やかに微笑んでから部屋を出ようとしたが、「ああそうでした」と改めてルーリアへと体を向けた。

「バスカイル家の魔法薬は本当に素晴らしいものですね。馬や動物たちを何度助けてもらったことか」

「……ほ、本当ですか？　そう言ってもらえて嬉しいです。ありがとうございます」

バスカイル家の魔法薬であれば自分も生成に関わっていたため、褒めてもらえたことが嬉しくてルーリアの声がわずかに震える。

レイモンドは「失礼します」とひと言断ってから、部屋を出て行った。エリンはふたりっきりになったところで、張り切るように声を弾ませる。

「屋敷の中を案内する前に、まずはこちらへ！」

楽しそうに歩き出したエリンを、ルーリアは追いかけた。カルロスの部屋の前を通り過ぎ、その隣の部屋の扉をエリンは押し開け、中へと入っていく。

ルーリアも様子を窺いながら室内に足を踏み入れた。広さはルーリアが使っている部屋より少し狭いが、室内にはまた扉があり、エリンはそこへと真っ直ぐ進んでいく。

エリンによって開け放たれた扉の向こうを覗き込むと、たくさんのドレスや靴に宝飾品が並んでいて、ルーリアは「わあ」と声を上げる。

「すべてお古で申し訳ないのですが、宜しかったら、こちらからお好きなものを選んでくださいな」

「こんなにたくさん。どなたのものですか」

「カルロス坊ちゃんの妹のカレンお嬢様のものです。お嫁に行かれる際に置いていかれました。奥様の方が小柄なので少し大きいかもしれませんが、新調されるまでの繋ぎくらいにはなります」

手近にあった簡素なドレスに触れれば、柔らかで滑らかな生地の感触が伝わってきて、ルーリアにはやはりお古になど見えない。

「……こんなに高価なものを勝手にお借りして良いのですか？」

「ずっと取っておいたのですが、一ヶ月ほど前にカルロス坊ちゃんからすべて誰かに譲ってしまえと言われて、その準備に取りかかろうとしていたところなので問題ありません。奥様はどのようなものが好みですか？」

今まで与えられた物を着るという選択肢しかなかったため、好みや希望を聞かれてもまったく言葉が浮かんでこない。固まってしまったルーリアに苦笑いを浮かべてから、エリンがいくつかドレスを手に取った。

「そうですね。こちらのドレスなんてどうでしょう、もしくはもう少し飾り気の少ないこれとか、ああこちらも似合いそうです」

「……どれも可愛いです」

ルーリアはエリンが見立てたものの中から、腰の後ろに大きなリボンがひとつある程度の飾り気の少なく動きやすい水色のドレスを選んだ。

その場でそれに着替えてから、ルーリアはエリンに屋敷の中を案内してもらう。

二階はいくつも部屋があるが使っているのはカルロスとルーリアのいる部屋だけだと説明を受けてから一階へと降りた。

先ほど食事をした食堂に炊事場、食堂の二倍ほどの広さがある居間、エリンたち夫婦の部屋、浴場に手洗い場などを見て回る。

「どこに行ってもしっかりと結界が施されてて、カルロス様はすごいです」

最初はどこかに綻びがあるのではと、ルーリアは恐る恐る屋敷の中を進んでいたのだが、その心配は杞憂《きゆう》に終わった。

そして今は、ディベルやクロエラよりもカルロスの光の魔力の方が優れているのではと思えてならない。少なくともディベルの魔力が込められた魔法石と、屋敷に点在している魔法石では優劣ははっきりしている。

廊下を進んでいくと扉の付いていない出入り口に差しかかり、視線がそちらに向くと同時に、自然とルーリアの足が止まる。

「中に本がたくさんありますね」

「こちらはカルロス坊ちゃんの書斎です。子供の頃はずっとこの部屋に入り浸っておりましたね。奥には調合台もありまして、様々な魔法薬を楽しそうに作って遊んでおりました。最初に作ったのは回復薬だったかしら」

子供の頃と聞き、出会った時の幼い彼を思い出し、ルーリアは表情をわずかに柔らかくした。そして、回復薬なら光の魔法を使うはずだと考えて、もしかしたらと確認する。

「カルロス様は光魔法が一番得意なのですか？　魔法石に込められている光の魔力がどれも力強く感じられるので」

「どうでしょう。カルロス坊ちゃんはどの魔法も難なく扱えますからね。おまけに剣術の腕も子供の頃から大人顔負けでしたし。才能の塊のようなお方です」

「そんな優秀な方に、私なんかが……申し訳ないです」

そんなことないと励ますようにルーリアの肩にエリンが手を置く。続けて「奥様」と小さく呼びかけられたため、ルーリアは勇気を出すようにエリンを真っ直ぐ見つめて、自分の思いを伝える。

「あの。どうかルーリアとお呼びください。朝食の時にも少し話に上りましたが、私は訳ありなのです。この婚姻もそれが理由で、本来ならカルロス様の妻になれるような人間ではありません」

ルーリアのことを詳しく知らないため、エリンは何も言えずに黙り込む。

「いつかカルロス様には心から愛し、妻にと望む素敵な女性が現れると思います。どうかその時は、私などいなかったものとし、その方を初めての奥様として接してあげてください」

わずかに微笑みを浮かべたルーリアに、エリンは切なさを堪えるように、唇を軽く噛んだ。

「これからはエリンさんと同じ、侍女として私を扱ってください。食事の準備や屋敷の掃除、できることはなんでもします。エリンさんとレイモンドさんにはこれ以上迷惑をかけないよう頑張ります」

「迷惑なんてこれっぽっちも感じてないし、どれだけかけられたって構わないわ」

堪えきれなくなったようにエリンがルーリアをギュッと抱き締めて、優しくそう話しかけた時、ゴンゴンゴンとドアノッカーが激しく鳴らされて、ルーリアとエリンは揃って玄関の方へと顔を向ける。

「どなたかいらっしゃいましたね。行って参ります」

ぱたぱたと足音を立てて玄関に向かっていくエリンの後ろ姿をルーリアはじっと見つめる。

そして、抱き締められたことに戸惑いを覚えつつも自分の腕に残っている余韻に触れると、はにかむような笑みを浮かべた。

（エリンさんもとても優しくて、温かい）

穏やかな気持ちになっていたルーリアだったが、玄関の方が一気に騒がしくなったことに気づいて視線を向けた。その瞬間、ならず者だろう男三人を後ろに従えて、遠慮のない足取りで屋敷の中に入ってきた姿を視界に捉え、大きく息をのむ。

「カルロス・ジークローヴはどちらに？　今すぐ会って確認したいことがあります」

（……ク、クロエラ伯母様！）

隠れなければと頭ではわかっているのに、恐くて足が竦んでしまい、ルーリアはその場から動けない。

「お待ちください。ただいま、カルロス坊……カルロス様は屋敷におりません」

「そう。だったら今すぐ呼んで来てちょうだい。バスカイルの者が話をしたいと言えば、応じるはずよ」

ようやく相手が誰か理解したエリンが狼狽えるようにわずかに身を引いたことで、クロエラはその場を見回し、廊下の奥にいるルーリアに目を留める。

表情に怒りをみなぎらせながら、クロエラは一直線にルーリアへと向かってくる。

「あんたって子は！」

怯えきっているルーリアの頬を、クロエラが力いっぱい叩いた。よろめいたルーリアに尚もクロエラが掴みかかろうとしたため、慌てて追いかけてきたエリンが割って入った。

「いきなり何をするのですか！」

「うるさいわね。私はこの子の伯母よ。部外者は口を挟まないでちょうだい」

「そうはいきません！」

喰らいついてくるエリンにクロエラは煩わしそうに顔を顰めた。男たちへ目線で命じると、すぐさま男のひとりがエリンを捕らえ、引き離しにかかる。

邪魔者がいなくなると、クロエラは体を震わせて下を向いているルーリアの髪を掴んで、強引に顔を上げる。

「自分が何をしたかわかってるの？」

「……も、申し訳ございません」

「もちろん誰にも何もバレてないわよね」

「バレていない」と嘘をつくことができず、そこでルーリアは口を噤《つぐ》んだ。黒精霊から祝福を受けていることはすでにカルロスが知っている。ここで嘘をつくのは、知った上で自分を受け入れてくれた彼に対する裏切り行為のように思えたからだ。

そのルーリアの態度に、クロエラは顔色を変える。そして、湧き上がってきた怒りをぶつけるように、再びルーリアの頬を叩く。

「今すぐ連れ出して」

クロエラが命令すると、三人のうち一番屈強そうな男がルーリアの腕を掴んで、引きずるようにして歩き出した。

いくら抵抗しても男の手からは逃れられず、どんどん玄関の扉が迫ってくる。ルーリアは目に涙を浮かべ、必死に声を上げた。

「……いっ、いや……行きたくない。私はここにいたい！」

保てていた心の均衡が崩れ去り、ルーリアの体の中で光と闇の魔力が一気に力を増していく。

いつもならそこで暴走が始まり、溢れ出す闇の魔力で黒精霊たちを引き寄せてしまうのだが、ランタンの中の魔法石が強い輝きを放ち始めたことで、ルーリアの中に根付いた闇の魔力が抑え込まれていった。


まさかそんなと目を見開いて狼狽えたクロエラへ、すかさずエリンが非難の言葉を浴びせた。

「ルーリア様はもうカルロス様の奥様でございます。バスカイルではなく、ジークローヴ家の人間なのです。奥様に不敬を働いたことすべて報告させていただきます。カルロス様は黙っておりませんよ」

「婚姻の申し込みははっきりお断りしたはずです。それなのに勝手にルーリアを連れ出すなんて、カルロス公爵はどうかされていますね。そもそもこの娘にそこまでの価値などあり……」


クロエラが不愉快そうに眉を顰めてエリンに言い返している途中で玄関の扉が開き、同時に、ルーリアを捕らえていた男が体を痙攣《けいれん》させながら、バタリとその場に倒れた。


そして一斉に、ルーリアのために置かれていたランタンの中の魔法石が火花を散らし始めた。

習得するのが非常に難しいとされている雷の魔法が発動され、魔法石が反応したのは一目瞭然で、クロエラだけでなく、エリンを捕まえている男も唖然とする。

「俺は最初からお前らに許可など求めていない。ルーリアを嫁にもらうとはっきり書いたはずだ。それは文字通りの意味でしかない。なぜ理解できない」

コツコツと靴音を響かせながら屋敷の中に入ってきたカルロスから鋭く睨みつけられ、クロエラは息をのむ。

カルロスは倒れている男のそばで震えているルーリアを自分の元へと引き寄せた。

「ルーリアを手放す気はない。もし、お前らが彼女を連れ去ってどこかに隠すことがあれば、バスカイル家を潰す。俺の妻を狙う者は許さない。ひとり残らず命を奪い取る」

不敵な笑みを浮かべたその顔はゾッとするほど美しいのに、躊躇なく宣言する様は冷徹な死神のように見えてくる。

ルーリアは目に涙を溜めたままカルロスを見上げると、カルロスもすぐにルーリアへと視線を落とした。そして、ルーリアの左頬がわずかに腫れていることに気づいた瞬間、カルロスは鞘から剣を抜き去った。

「すこぶる気分が悪い。悪いが、俺は女だろうと容赦しない。これ以上俺の視界に留まり続けるなら斬り殺す」

カルロスが剣先をクロエラに定めると、クロエラは小さく悲鳴を上げ、逃げ惑うようにして屋敷から逃げ出す。残された男たちはカルロスから睨みつけられると慌てて走り出し、倒れている仲間をふたりで支えるようにして屋敷を出て行った。

「カルロス様、ありがとうございます……ここにいられることが、すごく嬉しい」

ルーリアの目から流れ落ちた涙をカルロスは指先で優しく拭ってから、そっとルーリアの顎を持ち上げて、痛々しい腫れを悔しそうに見つめる。

「まったく、可愛い顔に何してくれる」

「……えっ？」

　カルロスからぽつりと発せられたひと言に、思わずルーリアは目を丸くする。

（可愛い顔っておっしゃった）

　ルーリアが顔を真っ赤にすると、そこでカルロスも今さっきの自分の発言を思い出し、完全に動きを止めた。そして、おずおずとルーリアから手を離し困惑気味に視線を彷徨わせた後、くるりと背を向ける。「着替えてくる」と冷ややかな低い声音で言い残し、自室に向かって歩き出した。

「あらやだ。坊ちゃんが照れてるの、初めて見ましたよ」

　そばに寄ってきたエリンからこっそり囁きかけられ、ルーリアは戸惑いの顔で言葉を返す。

「照れていましたか？　私には不快そうなお声に聞こえましたが」

「ルーリア奥様と同じように、顔を赤くしていましたよ」

　奥様と再び呼ばれてしまったことよりも、彼が頬を赤らめていたという事実に動揺してしまい、ルーリアは耳まで熱くなっていく。

　恥ずかしさと共に嬉しさが心を占めていき、胸が熱くなる。そこにぽつりと芽生えた愛しいという感情に、ルーリアは気づかないふりをした。

第四章　不器用な結婚生活

クロエラがルーリアと接触を図ってから三日が過ぎた。夜の闇を弱めるように眩い日差しがセレットの管理する庭に差し込み始めた時、自室のベッドで眠りについていたカルロスはぱちりと目を開ける。

文机の上にある魔法石を掴み取ってポケットに入れると、寝起きとは思えないくらい機敏に部屋を出て、そのままルーリアの部屋の前へと足を進める。「入るぞ」と一応小声で断ってから、室内へと足を踏み入れ、ルーリアのベッドへと近づいていく。

ルーリアは額にうっすらと汗を滲ませて、苦しげな表情で何かから逃げるように身を捩らせた。

意識を集中させると、ルーリアの体の中でふたつの魔力がせめぎ合っているのがカルロスの目に見えてくる。

とは言え、屋敷の至るところに魔法石が設置してあるからか闇の魔力にそれほどの勢いはなく、どちらかというとルーリアの本来の力である光の魔力の方が激しさを増しているようだった。

（原因はあの女以外考えられない）

ルーリアは必死に隠しているが、クロエラが来てから彼女の魔力がひどく不安定であることはカルロスには筒抜けで、それは精神的なものからきているだろうことも判断できた。

（いったいこれまで、ルーリアはどのような目に遭ってきたのか）

クロエラのルーリアに対する態度を思い出す度に怒りが込み上げてくる。しかし、ルーリアがさらに顔を歪めたことにハッとさせられ、カルロスは「さてと」と動き出した。

屋敷に来た時に彼女が持っていたランタンは、部屋の中央に置かれた丸テーブルの上に置かれている。その中にある、すでに真っ二つに割れてしまっている魔法石を取り出し、カルロスは呆れたように肩を竦めた。

（より強い魔力で相手の力を押さえ込むことによって、結界として機能させていたのは想像がつくが、ここに込められているのはいったい誰の魔力だ？　名家として幅をきかせているくせにこの程度でしかないというのなら呆れる）

何かひとつの魔力に特化している一族の力には強い圧を感じることが多い。この魔法石の中に残っている魔力は決して弱くはないが、圧倒されるものでもない。

（この相手なら、光の魔力でなんらかの勝負をしても負ける気がしない）

カルロスは用済みだとばかりにそれをテーブルの上に置いて、ポケットから魔法石を掴み取った。

魔法石をぎゅっと握り締めて目を閉じる。やがてカルロスの体から発せられた光の粒子が魔

NOT FOR SALE
ベリーズファンタジースイート1周年限定特典
『私を殺すはずの公爵様に嫁いだら、なぜか溺愛が待っていました
～妹に全てを奪われた令嬢の幸せな結婚～』
©真崎奈南・成瀬あけの /スターツ出版

法石の中へと吸い込まれていった。

ぼんやりと輝いた魔法石を持ってカルロスはルーリアの元へ戻る。彼女の枕元に置こうとした瞬間、魔法石が一気に熱を持ち、小さな亀裂を生じさせた。

自分の魔力がルーリアによって打ち破られそうになっているのを目にし、カルロスはわずかに驚き、そしてニヤリと笑う。

「……面白い。受けて立つ」

そう宣言し、カルロスは魔法石を掴み直した。


窓の向こうから鳥の囀る声が聞こえ、ルーリアは目覚めた。体を起こしてすっかり明るくなっている空へと視線を移動させ、唖然とした表情を浮かべた。

「もう朝なのね」

いつも通り悪夢を見ていたような記憶は朧げにあるのに、今の今まで目が覚めることなく眠り続けていたことにルーリアはただただ驚く。

すると、自分の枕元にきらきらと輝く魔法石があることに気づき、見覚えのないそれを慌てて手に取る。

「綺麗」

傾けると輝きの強弱が変化し、魔法石を自身の魔力で磨き上げて結晶化したとも言えるような代物である。熟睡できた理由を早々に理解し、ルーリアは魔法石を大事に抱え持って、部屋を飛び出した。

もちろん向かう先はカルロスの元である。彼の部屋をノックしてみたが応答はなく、声をかけてみようか迷っていると、居間の方でエリンの笑い声が響いたため、自然とルーリアの足はそちらに向かう。

様子を窺うように室内を覗き込めば、窓際のひとり掛けの大きな椅子に座って本を手にしたカルロスとその傍らにトレーを小脇に抱えたエリンの姿を見つける。

「……おはようございます」

声をかけてからルーリアはふたりに歩み寄っていく。するとすぐにエリンから「奥様、おはようございます！」と明るく笑顔を返され、カルロスからも「おはよう」とあっさりとした挨拶を返された。

「カルロス様、ありがとうございます！」

感謝の言葉に「え？」と疑問で返してきたカルロスへと、ルーリアはもう一歩近づく。

「これって、カルロス様ですよね？　久しぶりにぐっすり眠れました」

ルーリアが手のひらに乗せた魔法石を、差し出すようにして見せると、ようやくカルロスは腑に落ちたような顔になる。

「眠れたのか、良かったな」

「カルロス坊ちゃんが魔法石をそのように輝かせているのですか？　さすがですね」

「カルロス様は本当にすごいお人ですよね」

後ろからルーリアの手元を覗き込んだエリンが驚きの声を上げ、ルーリアは同意するように力強く頷く。

ふたりから褒め称えられ、カルロスは嫌がるように肩を竦める。

「やめろ……それはちょっとムキになって張り合った結果でしかない。俺をすごいと言うなら、ルーリアこそだ」

そして、手にしていた本をぱたりと閉じると、椅子の横の小さなサイドテーブルにそれを置き、代わりに淹れたてらしい湯気の立ち上るティーカップを手に取り、口へと運ぶ。

ひと口飲んだ後、思い出したかのようにカルロスの目がルーリアに向けられる。

「そうだ。朝食が済んだら三人で買い物に行くぞ」

思わずルーリアはこの場にいる人数を数え、おずおずと確認する。

「……それは、私もということでしょうか」

「ああ。そのつもりで準備を頼む」

町へ買い物に行くのは初めての経験で、自分の魔力が暴走したらどうしようとやはり不安を覚える。そんな中でも、カルロスと一緒ならば大丈夫かもしれないと考えると、前向きな気持ちになり楽しみにすら思えてきた。

ルーリアは魔法石を胸元でぎゅっと抱き締めながら、少しだけ緊張気味に「はい」と返事をした。

カルロスが騎士団員となってから、エリンたちと共に食事をしていなかったらしいが、カルロスの提案でレイモンドを含めた四人で朝食をとることになった。

レイモンドが騎士団の馬や王城で飼われている犬や猫など多くの動物たちの健康管理を任されているため、今朝はその話題が多く飛び交い、ルーリアはふむふむと話に耳を傾けた。

食事の後、ルーリアとエリンは再びカルロスの妹カレンの衣装部屋へと足を踏み入れる。そして、「デートですもの。腕が鳴りますね」と楽しそうなエリンの手によって、ルーリアはあっという間に着飾られていった。

最後にカルロスの魔力が込められた紫色の魔法石の髪飾りをつけて、小さなバッグを持ったところで、エリンから「居間でお待ちくださいね」と言われ、ルーリアは先にそちらへと移動する。

居間に到着すると、ソファーでセレットがイビキをかいて気持ちよさそうに眠っていた。眠りの邪魔になったら嫌だなという気持ちと、でも居間で待つようにと言われたこともあり、入り口のところで立ち尽くしていると、後ろから「ルーリア？」とカルロスから声をかけられた。

「セレットさんが眠っていらっしゃって、中に入って起こしてしまったら申し訳ないなと思いまして」

振り返ると、カルロスが不思議そうな顔をしていたため、ルーリアは居間に入らない理由を伝える。しかし、それでも彼が自分をじっと見つめてくるため、ルーリアは大きく戸惑う。彼の青い瞳が、着ているドレスの方へ移動したことで、ようやくルーリアは理解し、頭を下げた。

「カレン様のドレスをお借りしました。実は他にも寝巻きとか色々着させていただいております。勝手にすみません」

クロエラが訪ねてきたその夜に、エリンが「良かったら、これもどうぞ」と衣類を両手いっぱいに抱えて部屋にやって来たため、クローゼットの中身が一気に充実したのだ。

そして、つい先ほど着たばかりの白と淡いピンク色のドレスへと、ルーリアは改めて視線を落とす。レースやリボンにフリルがふんだんに使われていて、とっても可愛らしいドレスだ。

エリンには「可憐だわ！」と褒めてもらったが、自分に似合っているように思えなかったルーリアは、カルロスのどことなく冷めた眼差しにやっぱりと心の中で納得する。

「お見苦しいと思いますが、エリンさんが髪まで整えてくださっていますし、今日だけ我慢してもらえたら嬉しいのですが」

「……え？　あっ、いや。違う」

ルーリアが体を小さくしてお願いすると、カルロスはハッとし、首を小刻みに横に振る。

「見苦しくなんてない。むしろ……」

（……むしろ？）

より強い否定の言葉が続く気がして、ルーリアは顔を強張らせたままカルロスをじっと見つめる。

「……気にするな」

カルロスは気まずそうに頬をかいてから、ルーリアの眼差しから逃げるように背を向ける。そこへ準備を終えてやって来たエリンが、カルロスを見て微笑ましげに目を細め、こっそりと話しかける。

「あらあらカルロス坊ちゃんたら、また照れちゃって」

「やめろ。照れてない」

「わかりますよ。奥様、とても可愛らしいですものね」

ルーリアにはふたりの会話は聞こえておらず、カルロスの背中しか見えていない。不安そうにしていると、気づいたエリンが素早くそばまでやって来て、「さあ行きましょう!」とルーリアの手を取り、足取り軽く歩き出した。

カルロスを先頭に三人は屋敷から出て、門の外で待たせていた馬車に乗り込む。窓から、店先に立って客を呼び込んでいる活気ある姿や、ベンチに座って談笑している女性たちの楽しそうな姿など、そこに流れている馴染みのない日常をルーリアは興味深く見つめた。

程なく馬車は停止し、ルーリアはそわそわしながら馬車を降りた。通りは多くの人が行き交っていて、その視線をカルロスが一気に集める。

尊敬や憧れだけでなく、恐れを抱いたような視線まで様々ではあるが、カルロスの知名度の高さを知るには十分である。

「ルーリア、こっちだ」

カルロスに声をかけられ、ルーリアは「はい」と小さく返事をし、彼の後ろに続く形でエリンと並んで歩き出す。しかし数歩も進まぬうちに、「いやああ」と女性の悲痛な悲鳴が聞こえてきた。

何事かと辺りをキョロキョロ見回し、ルーリアは自分より少し年上だろう女性三人の姿に視線を留める。

「カルロス様が結婚したというのは本当だったのね！」

「信じたくない！　誰なのよ、あの女！」

「私たちのカルロス様が、あんな地味な女を選ぶなんて！」

嫉妬に満ちた言葉にルーリアは息をのむ。思わず足を止めかけたものの、素早くカルロスに手を捕まれ、そのまま目の前にある小ぢんまりとしたお店の中へと入っていった。

「ああいった言葉に耳を貸す必要はないからな」

カルロスはきっぱりとルーリアに告げてから、「お待ちしておりました」と朗らかな笑顔で近づいてきた店主へと体を向ける。

「坊ちゃんの言う通りですよ。ただの醜い嫉妬です。お気になさらないでくださいね」

続けてエリンにもそう声をかけられ、ルーリアは「はい」と頼りない声で返事をしたが、重苦しい感情が心の中で渦を巻き始める。

（カルロス様は素敵な方だもの。たくさんの女性から好意を向けられていたって、何もおかしくない……おかしいのは、こんな私がカルロス様と一緒にいることの方よね……私もアメリアのような華のある人間だったら良かったのに）

魔力の暴走の兆しを感じたわけではないが、ルーリアは持っていたバッグの中から変わらず輝き続けている魔法石を取り出し、軽く握り締めた。

振り返ったカルロスは、ルーリアの様子を見て、ぽつりと呟く。

「持ってきていたのか」

「髪飾りはありますが念のために……けどそれだけじゃなく、カルロス様の魔力に触れているとすごく落ち着くのです。だから持ってきてしまいました」

わずかに微笑みを浮かべたルーリアからカルロスは目を離せずにいたが、一旦その場を離れていた店主が箱を持って戻ってくると、ぎこちなく視線を外す。

「カルロス様、こちらです」

「……ありがとう」

カルロスは店主によって開けられた箱の中を確認した後、「ルーリア」と呼びかける。

「順番が逆になってしまって申し訳ない。受け取って欲しい」

そう言われてルーリアも箱の中身を見て、動きを止める。中には大きさの違うお揃いの指輪がふたつ並んでいたからだ。

「カルロス様、これはもしかして……」

「結婚指輪だ」

「そのようなものはもらえません」と言いそうになり、ルーリアは慌てて口を噤んだ。形だけの夫婦関係であったとしても、第三者の目があるところでそれは言うべきではない。

店主を気にしながら、ルーリアは心を込めてカルロスにお礼を言う。

「……じゅ、順番など気にしません。そのお心遣いが嬉しいです。ありがとうございます」

「他にも何か欲しいものがあったら言え。一緒に買っていく」

「いっ、いえ！　今は特にございませんので」

魔法石をぎゅっと握り締めながら後退りしていくルーリアをカルロスはじっと見つめ、やがて、わずかに笑みを浮かべた。

「贈り物をしたいのは俺なのだから、俺が決めれば良いか……悪いが魔法石を少し貸してくれ」

魔法石を手放すことに、ほんの一瞬狼狽えるものの、ルーリアは「はい」と返事をし、差し出されたカルロスの手に魔法石を乗せた。

するとカルロスは店主の元へと歩み寄り、何やら話し始めた。店主は持っていた指輪の箱を台の上に置いてカルロスから魔法石を受け取り、それをじっと観察したのち、「大丈夫です。

少々お待ちください」とにこりと微笑んで店の奥へと引っ込んでしまった。

程なくして奥からガンガンと大きく叩きつけるような音が聞こえてきて、ルーリアは何が起きているのかと不安を覚える。少しだけ時間を置いて戻ってきた店主からカルロスへ、そしてようやくルーリアの元へと魔法石は戻ってきた。

「小さくなってます」

右の手のひらの上にちょこんと乗っている魔法石は先ほどの半分の大きさになってしまっていた。ルーリアがカルロスへ戸惑いの眼差しを向けると、カルロスはそっとルーリアの左手を掴み取った。

「それはすまない。これで許して欲しい」

そう言いながらカルロスはルーリアの薬指に指輪を通すと、慌てふためき出したルーリアに苦笑いして外へと出て行く。

エリンは店主からカルロスの指輪の入った箱を受け取り、何やら言葉を交わした後、戸口へ向かって歩き出す。途中で「さあ奥様、次のお店に行きますよ」と声をかけられ、ルーリアもふたりを追いかけるようにして店を後にした。

次に立ち寄ったのは仕立て屋だった。そこではエリンの見立てで五着のドレスとそれぞれに似合う靴やバッグに帽子などを購入する。

もちろんそれはすべてルーリアのもので、その頃になってようやくルーリアは、カルロスのではなく自分のための買い物なのだと気づかされた。

店の外へ出ると、カルロスは顎に手を当てて「他に何が必要だろうか」と呟きながら歩き出す。他の店へと向かうような足取りのカルロスの元へルーリアは小走りで近寄る。

「カルロス様、私はもう十分です」

訴えかけたが、カルロスは肩越しに不満の眼差しを返すだけで、その足を止めようとはしない。すると、小さな荷物をいくつか持って後ろに控えていたエリンが提案をしてきた。

「腕を組むなどして、もう少し寄り添って歩かれたらいかがですか？　町はカルロス坊ちゃんが結婚したという話題で持ちきりですよ。皆さんも、おふたりの仲睦まじい姿を見たいのではないかと思います」

足を止めたカルロスと目を真ん丸くしたルーリアがふたり揃って振り返れば、エリンは「夫婦なのですから」と当然のようににっこり笑った。

（カルロス様と腕を……？）

ルーリアはカルロスの腕をじっと見つめたのち、視線をゆっくりのぼらせる。すると彼と目が合い、その瞬間、一気に頬が熱くなる。

真っ赤な顔のルーリアと見つめ合う気恥ずかしさから逃げるようにカルロスは顔を背けたものの、周りには自分たちを興味津々で見つめている人々ばかりで天を仰ぐ。

「……少し休憩しようか」

ルーリアと寄り添って練り歩き、多くの好奇の目に晒されるよりは、すぐそこの木陰のベンチでしばらく身を潜めていた方が良いと判断し、カルロスはため息混じりに告げ、先に歩き出した。

ルーリアも異論はなく、カルロスの後に続いて、木々が立ち並ぶ場所に向かって歩を進めていく。

カルロスから眼差しで促されるままに、ルーリアはベンチに腰掛ける。体の計測はもちろんのこと、何枚も試着をしたため、思っていたよりも疲れていたらしく、ルーリアは小さく息を吐く。

「疲れさせたな。すまない。今日はこのくらいにして、少し休んだら屋敷に帰ろう」

ルーリアを見つめながらカルロスが発した言葉に反応して、エリンが「カルロス坊ちゃん」と話しかけた。ぼそぼそとやり取りをした後、エリンはルーリアの左隣に持っていた荷物を置き、「すみません。少し離れますね」とにこやかに笑って踵を返した。

遠ざかっていくエリンの後ろ姿をぼんやり見つめていると、ルーリアの右側にカルロスも腰掛け、くつろぐように背もたれに背中を預け、足を組む。

「こうやって、のんびりベンチに腰掛けるのは久しぶりだな。たまには良い……注文した魔法石が届き次第、庭の守りを固め、ルーリアが自由に出入りできるようにする。それまで屋敷に閉じ込めてしまうことになるが、もう少し我慢してくれ」

割ってしまう度、叱られ続けてきたルーリアには、魔法石は高価なものであるということは身に染みてわかっている。屋敷で使用された分だけでもすでに結構な金額がかかっているだろうに、庭用としてさらに買い足してくれたのだと思うと、お礼すらできない自分が情けなくなってくる。

とは言え、このまま何もしない訳にはいかない。必ずお返ししなければと考えたところで、ルーリアはハッと思いつく。

「私、魔法薬なら作れます。あまり出来が良くないのですが、数だけは多く生成できます。それを売って、使わせてしまった金額を少しずつでもお返ししていきたいです」

「金銭に関しては気にする必要はない。けど、魔法薬は気になるな。なんでも良いから一度作ってみせてくれ。屋敷の調合台を使ってくれて構わないから」

少しでも役に立てるかもしれないことを見つけられた気持ちになり、そしてカルロスからの頼み事が嬉しくて、ルーリアは明るく「はい」と言葉を返した。

「たくさん生成できるって言ったけど、魔法薬なんて一度にそんなに作れるようなものでもないだろう。一日かけて、三つってところか？」

「生成し始めた頃はそれくらいでしたけど、慣れてきてからは二十本近く生成していました。もう少し多くを求められたことも何回かありましたけど」

記憶を掘り返しつつルーリアが答えると、カルロスがほんの数秒眉根を寄せる。そして、冷やかな声音でさらに質問を重ねる。

「へえー、すごいな。……作ったものは両親が管理を？」

「いいえ、私は両親と共に暮らしていませんでしたので、すべて伯父夫婦が」

「ということは、伯父夫婦の屋敷で生活していたということか？」

聞かれるままに答えていたルーリアだったが、伝えるべきかどうか迷いが生まれてしまい口を閉じた。しかし、カルロスにはどれだけ惨めだろうと自分のことを知ってもらいたくて、顔を強張らせながらもしっかりと答えていく。

「それもちょっと違います。伯父夫婦に面倒を見てもらっていましたが、私が生活していたのは……裏庭にある小屋です」

カルロスは手で頭を押さえて、苛立ったようにため息をついた。

「そんなところに閉じ込められていたのか。あの時追いかけて、ルーリアがどこの誰かを把握しておくべきだった。そうしたら置かれている状況に気づけただろうし、もっと早く連れ出すこともできたはずだ」

悔しそうなカルロスの横顔をルーリアはじっと見つめ、心がじわりと温かくなるのを感じながらぽつりと伝える。

「私はカルロス様と再会できて、今が一番幸せです」

驚いた様子のカルロスの視線と繋がって、ルーリアは口元に柔らかな微笑みを浮かべた。そのまま何も言わずに見つめ合っていると、いつの間にか戻ってきていたらしいエリンに「どうしましたか？」と声をかけられ、どちらからともなく視線を逸らした。

先ほど指輪が入っていたものと同じ色の長方形の箱を、エリンはカルロスへと差し出した。

「ネックレス、もう仕上がっておりましたので、店主から預かってまいりました」

「さすが仕事が早いな」

言いながらカルロスは箱を開け、何気なく覗き込んだルーリアが「わあ」と感嘆の声を上げた。

中にはネックレスが入っていて、ペンダントトップの枠にはあの輝く魔法石がはめ込まれていた。

「じっとしてろ」

カルロスはそれだけ告げると自らチェーンの留め具を外す。そのままルーリアの首の後ろへとチェーンを持った手を回すようにして、そっと互いの距離を縮めた。

カルロスがネックレスをつけてくれていると頭では理解できているのだが、彼の美しい顔がすぐ目の前にあるため、緊張と気恥ずかしさでついつい呼吸を忘れてしまう。

「うまく留まらない」

囁きかけられた声も当然近く、息遣いすら感じ取ることができ、ルーリアの鼓動が一気に高鳴っていく。

不意にカルロスと目が合う。まるで口付けでもするかのような距離感を互いに認識し、ぎこちない空気が流れた後、カルロスがゆっくりと手を引き戻した。

「……帰ろうか」

「は、はい」

早々に立ち上がったカルロスがにこにこしているエリンに向かって何か言いかけたものの、言葉をため息に変える。

ルーリアは自分の胸元に下がっている魔法石に触れ、わずかに口元を綻ばせた後、ベンチから立ち上がり、ふたりと足並みを揃えるようにして歩き出した。

その翌日、いつも静かなジークローヴ邸は、雑巾や箒にハタキなどを手にした婦人たちで賑わっていた。

大勢で暮らすことがカルロスは嫌らしく、この屋敷では数日に一度通いのお手伝いさんたちがやって来て、足りていない掃除や家事などを共に行う形をとっている。

ルーリアも自分も何かお手伝いをしたいと申し出たが、婦人たちに「嫌ですわ。奥様はお茶でも楽しんでいてくださいな」とあっさり断られてしまう。

みんなが仕事をしている姿をぼんやり見ていることしかできないのはやはり心苦しく、ルーリアはみんなの邪魔にならないように自室に戻ることに決める。

階段をのぼろうとした時、「ごめんください」と玄関の方から声がかけられ、すぐにエリンが姿を現す。

「どうしましょう。ちょうど今、回復薬を切らしていて。ごめんなさいね」

「そうですか。わかりました。いつもいつも甘えてしまっているから、今日は天気も良いし、頑張って歩いて行くことにするわ」

困り顔のエリンに老婆はにっこりと笑って頭を下げると、足を軽く引きずりながら屋敷の外へゆっくりと出て行く。頬に手を当て「失敗したわ」と呟くエリンの元へと、ルーリアは静かに歩み寄る。

「どうかなさったのですか？」

「今のは近くで独り暮らしをしている方なのですが、見ての通り足がとても悪くて。カルロス坊ちゃんが医局まで魔法薬を買いに行くのが大変だろうと、屋敷にある分をお譲りしているのです」

相手が騎士団など、大口の場合は生成者と直接契約する場合もあるが、魔法薬を手に入れるには医局に行くのが一般的だ。

「少し多めに備蓄するようにしているのに、在庫が少なくなっていると言われていたのをうっかり忘れていて、しかも今朝、レイモンドが残りを持って行ってしまったのよ」

ルーリアは医局の場所を知らないが、それほど離れていないところにあったとしても、先ほどの老婆の足では大変だろうことは想像できる。

少しだけ躊躇ったのち、ルーリアは思い切って声を上げた。

「……あのっ！　聖水さえあれば、すぐに回復薬を作れます。もちろん私が作ったもので良ければ」

ルーリアの申し出にエリンはハッとした顔をし、すぐに笑顔となる。

「それなら奥様にお願いしましょう！　私、お婆さんを呼び戻してきます。聖水は書斎にありますので、そちらでお待ちください」

「はい」

すぐさまエリンは外へと駆けて行き、ルーリアは言われた通り書斎へと移動する。

カルロスが幼い頃に入り浸っていたという話を思い出し、わずかに胸を高鳴らせながら室内に足を踏み入れる。ルーリアの目に飛び込んできたのは、床に敷かれた肌触りの良さそうな正方形のラグと三つほど並んだ背の高い本棚。それらの横を進んでいくと大きな机があり、その先に調合台が置かれていた。

調合台の立派さや、その奥にある大きな戸棚の中にびっしりと詰まった薬品の瓶に圧倒されるが、ふと机の上に写真立てがあるのに気づき、つい足を向ける。

「……カルロス様だわ。懐かしい」

飾られていた写真に写っていたのは、ルーリアの記憶に残っている幼い彼そのものだった。

そんな彼を中心にして後ろに男性と女性、彼の隣に女の子がいる。

「カルロス様のご両親と、妹のカレン様かしら」

カルロスと同じ黒髪碧眼で精悍な顔立ちの男性から、栗色の髪と瞳を持ち微笑みを浮かべている女性と少女へと順番に視線を移動させていく。

そして、今も過去もルーリアの記憶にはない、にっこり笑っている幼いカルロスへと視線を戻して、つられるように口元を和らげた。

「お待たせいたしました。奥様、白衣を持ってきましたので、良かったらどうぞ。夫のものなので少し大きいと思いますが、汚れるよりマシですので」

書斎に急ぎ足で飛び込んできたエリンが、両手で抱え持っていた白衣をルーリアに差し出した。すぐにルーリアは机の前からエリンの元へと歩き出し、「ありがとうございます」と頭を下げてそれを受け取る。

羽織った白衣は、少しどころではなくルーリアには大きくて思わずふたりは顔を見合わせる。

「奥様は華奢ですから、余計に大きく見えますね。どうしましょう。代わりになるようなものを探してきましょうか」

「平気です……あ、でも、袖を折らせてもらってもいいですか？」

「もちろん、構いませんよ」

早速ルーリアは邪魔にならないところまで袖を折り曲げようとする。うまくできずモタモタ手間取っていると、エリンが手を伸ばし、代わって袖を折り始めた。

ルーリアが「ありがとうございます」と嬉しそうに伝えると、エリンは「どういたしまして」と笑顔を浮かべた。

それからルーリアはエリンと共に調合台後方の棚の前へと移動し、引き出しや扉を開けつつ、薬瓶や聖水や薬草の保管されている場所や、常備している魔法薬の置き場などの説明をひと通り受けた。

ルーリアは聖水の入った大きな瓶と容器となる小瓶を調合台へと移動させ、それらと向かい合った。

小瓶の半分ほどまで慎重に聖水を流し込むと、聖水を観察するように小瓶を自分の目の高さまで持ち上げる。軽く揺らせば、キラキラとした輝きが液体の中で散り、ルーリアは「わあ」と小さく声を上げる。

聖水の質にも良し悪しがある。これまで生成する時に専ら使用していたものは、それほど高くない聖水のため、これほど繊細な輝きは生まれない。

王族に上納する時のみ、使用するのは高級な聖水だったのだが、それでもこれほどまでに美しい輝きではなかったようにルーリアには思えた。

「とても純度が高いのですね。これほどのものは初めてで驚きました」

「さすが奥様、おわかりになられるのですね。お恥ずかしい話、私には普通のものとあまり見分けがつかないのですが、カルロス坊ちゃんもレイモンドも一級品だと言っていました。といっても、レイモンドは魔法薬の生成が苦手なので作りませんけど」

「高価なものですし、カルロス様の許可をいただいてからの方が良いのでは？」

高級な聖水を使用した時は、クロエラから『一滴も無駄にするな』と繰り返し厳しく言われ、その上、生成時はすぐそばで見張られもした。

その時のことを振り返ると、無断で使用したらカルロスを不愉快な気持ちにさせてしまうのではと思えてきて、ルーリアはすでに小瓶へ移し替えてしまった聖水を不安そうに見つめた。

しかし、エリンは微笑みと共に首を横に振って否定する。

「昨晩カルロス坊ちゃんが、奥様が調合したいと言った時は、屋敷にある物すべて遠慮せず自由に使ってもらうようにとおっしゃっていました。足りないものがあれば言えとも」

昨日のカルロスとのやり取りを思い出し、早速、動きやすいように根回ししてくれたのだと考えると、今またルーリアは彼の気遣いに胸が熱くなる。

自分との婚姻はカルロスにとって得することは何もないとわかっているからこそ、少しでも彼の役に立てるように頑張ろうと、ルーリアは決意を新たにする。

「あまりお待たせしても申し訳ないので、生成を始めますね」

そう宣言して、ルーリアは左手で小瓶を持ち直し、右の手のひらを瓶の下部へと近づける。

ゆっくりと目を瞑って数秒後、聖水とルーリアの体が共鳴し合うように断続的に輝き出した。

ルーリアからふわりと放たれた光の粒子が線状に連なり、まるで意思を持っているかのように体の周りを旋回し始める。

ルーリアが右手の指先を動かせば、次々と現れ出る輝きが線状の粒子に折り重なって、やがて複雑で、しかし繊細な模様を浮かび上がらせていく。

神秘的な光景を目の当たりにし、エリンは目を大きく見開き、圧倒されるようにごくりと唾《つば》をのむ。

線が帯ほどの大きさにまでなった後、一気に弾け飛ぶ。ルーリアやエリンの周りにキラキラとした輝きが溢れかえったその数秒後、ものすごい勢いで光は小瓶の中へと吸い込まれていった。

室内が通常の様子を取り戻してから、ルーリアは恐る恐る目を開け、自分の手元を見た。

(……ちゃんとできたかな?)

小瓶の半分の量しか聖水は入っていなかったが、それが今にも溢れ出しそうな量にまで増えていた。いつも通りにできたことにルーリアは安堵の息を吐く。

「回復薬、ひとつ完成しました。一級品を使わせてもらったから魔力の馴染みがとっても良いです……エリンさん?」

感想を述べながら、ルーリアは出来たての回復薬をエリンに手渡そうとする。しかし、エリンは唖然とした顔で回復薬を見つめたまま、受け取ることなく固まっていて、ルーリアは申し訳なさそうに俯く。

「良いものを使わせてもらった割には、この程度の出来ですみません」

「なっ、何をおっしゃいますか！　普段、医局で購入しているものとは輝きが比べ物になりません。それどころか、これほど美しい回復薬を私は見たことがありませんよ」

「そ、そうでしょうか？」

「ええそうです！　このままカルロス様の元に持って行って、見ていただきたいくらいです。たくさん褒めていただけますよ……とは言っても、こちらはお婆さんにお譲りする約束をしてしまいましたし、お渡ししてきますね。奥様は休んでいてください」

エリンは小瓶に栓をすると、慌ただしく書斎を出て行った。ひとり残されたルーリアは思わずぽつりと呟く。

「……カルロス様に褒めていただける？」

言葉にしてみれば、ルーリアの心の中に様々な思いが駆け巡る。

（私程度の魔力ではきっと褒めてもらえないと思うけど……でもカルロス様はお優しいし、見てみたいともおっしゃってくださったし、もしかしたら本当に褒めてくれるかもしれない……カルロス様に褒めてもらいたい）

はっきりと抱いてしまった望みに戸惑いながらも、ルーリアは動き出す。

どうせなら備蓄をいっぱいにしてしまおうと考え、先ほど教えてもらった戸棚を開けて、まずは在庫を確認する。

中には【毒消し】と表記された小瓶が五つほど並んでいて、その横のがらんとした空間には、新たに十個くらい並べられるだろうと目算する。

続けて、戸棚の中にあった水差しを手に取ると、そのまま炊事場に向かって歩き出した。

これ以上高価な聖水を使うのは気が引けるため、自分で水を聖水に変えてしまおうとルーリアは考えたのだ。

聖水の生成は、幼い頃にクロエラに言われて一度だけ行ったことがある。生成は成功したが、大量の魔力を一気に増幅させたことでルーリアの中にある闇の魔力が強く反応してしまい、結果、失敗に終わったのだ。

クロエラからそれ以来求められなかったため、もう一度やってみようとは思わなかったのだが、先ほどの生成を経て、これなら力を発揮しても問題ないと感じていた。

屋敷中に置かれているカルロスの魔力が込められた魔法石と、何より今ルーリアが首から下げているネックレスの魔法石のおかげで、ルーリアの中にある闇の魔力が完全に抑え込まれたからだ。

（まるで後ろからカルロス様に抱き締められているような感覚だった）

その瞬間のことを思い返すと自然と頬が熱くなり、思わずルーリアは水差しを抱きかかえる手に力を込めた。

廊下の角を曲がったところで、エリンに繰り返し頭を下げている老婆の姿を目にする。思わず足を止めたところで、ふたりと目が合い、老婆は目に涙を浮かべながらルーリアの元へやって来た。

「ありがとうございます。これほどまでに美しい魔法薬を、私のようなものに譲ってくださるなんて、いくら感謝してもし足りません」

「……あ、あの。準備されていた聖水がとても良いものでしたので、お礼はカルロス様に」

「ええ。それもわかっておりますが、生成は奥様がされたと聞きました。とても優れた能力と優しさをお持ちで、その上謙虚でもいらっしゃるなんて、素晴らしいお方だ」

そこまでべた褒めされてしまうと、ルーリアはどう反応して良いのかわからなくなり黙り込む。老婆はルーリアの手を掴むと、「ありがとうございます」と繰り返し、頭を下げた。

戸惑うばかりだったルーリアも歓喜に満ち溢れた老婆の声を聞き、手の温もりを感じ取るうちに心が熱くなり、わずかに表情も和らいでいく。

（良かった。喜んでもらえたみたい。私でも役に立てたんだ）

老婆がルーリアの手を離したところで、エリンが老婆を玄関へと誘導し始めた。遠ざかって行くふたりの後ろ姿をルーリアはぼんやり見つめていたが、ふと視線を感じ何気なく階段の方へと顔を向ける。階段の踊り場に立っていた栗色の髪を可愛らしく結い上げた女性と目が合い、咄嗟にルーリアはお辞儀をして、炊事場に向かって小走りで進み出した。

（今のは誰かしら……お手伝いさん？　……でも、エプロンはしていなかった）

ルーリアは疑問を頭に浮かべながら、誰の姿もない炊事場へと足を踏み入れ、早速水差しに水を汲み入れた。

「今日はお手伝いに来てもらう日だったのね。失敗したわ」

誰かがぼやきながら入ってきたのを感じ、ルーリアがすぐさま顔を向けると、そこにはついさっき見かけた栗色の髪の女性が立っていた。

「この様子じゃ、お兄様は外出中ね」

「……お兄様ですか？」

キョトンとしたルーリアに、女性は信じられないといったような表情を一瞬浮かべてから、はっきりと告げた。

「ええそうよ。カルロスお兄様。私は妹のカレンです」

そこでルーリアは書斎で見た写真に写っていた少女の面影が、目の前の女性に色濃く残っていることに気づいた。

（確かにカレン様だわ！　……ご、ご挨拶をした方が良いわよね）

突然のカルロスの妹との対面に大きく戸惑いながら、ルーリアが緊張気味に口を開きかけた時、カレンが問いかけてきた。

「あなたもお手伝いに呼ばれたの？　でもなんで白衣を着ているの？　ここで何しているの？」

次々と疑問を投げかけられ、ルーリアは口籠《ごも》る。大きめの白衣や手にしている水差しをカレンに不審がられるように見られ、思わず潔白を訴える。

「私は、魔法薬の生成の準備をしていたところで」

「ああ調合師だったのね。お兄様、魔法薬にはうるさいから大変でしょう」

勘違いされてしまいルーリアは再び口籠る。そんなルーリアの様子に気づかぬまま、カレンは質問を続けた。

「お兄様は騎士団へ？　それとも結婚相手と一緒に外出中？」

結婚相手は目の前にいる自分なのだが、そんなことを想像すらしていない様子のカレンに打ち明けたらどう思われるか不安になり、ルーリアはぎこちない笑みを浮かべることしかできない。

「あなた、兄の結婚相手のルーリア・バスカイルを見た？　妹の私はまだなのよ。信じられないわよね。お兄様ったら、突然【結婚した】とだけ手紙を寄越してきて、しかも式も挙げないとか、そのうち紹介するなんて書いてあるし、驚いて飛んで来たの」

ルーリアにとってもすべて突然のことだったため、それも仕方がなかったことだとカルロスを庇《かば》いたいけれど、やはり何も言い出せないままに黙り込む。

「相手はバスカイル家の方というのだけ知ってるわ。虹の乙女として期待されている妹かと思いきや、姉の方らしいし。どんな女性かを聞き回ってもみんなよく知らないの。体が弱くて、引きこもっていたらしいわ。きっと根暗な女ね」

体は弱くないけれど、引きこもっていたのは事実で、周りの女性と比べてうまくお喋りできていない自覚もあり、根暗というのも合っている。

ルーリアが徐々に視線を落としていく横で、カレンは苛立ちのため息をついた。

「お兄様、きっと嫌々結婚したのでしょうね。だから扱いがこれほどまでに雑なんだわ」

それも間違っていない。そうわかるのに、カレンの言葉はルーリアの心に容赦なく突き刺さる。

「私の自慢のお兄様だし、もっと素敵な女性と結婚して欲しかったわ。王女様から気に入られていたらしいし、国王様から結婚の話も持ちかけられたそうじゃない。そっちとくっついて欲しかったわ。そうすれば、間違いなく騎士団長になれたし、王子様のお付きの護衛にだって抜《ばっ》擢《てき》されたのに」

「……カルロス様は王女様と結婚のお話があったのですか？」

「ええそうよ。それを蹴って、バスカイルの虹の乙女じゃない方と結婚だなんて、何か弱みを握られたとしか考えられない。ルーリア・バスカイルがお兄様の花嫁として相応しくないようなら、私が追い出してやるわ！」

「カレン様！」

それが妹である自分の使命だとばかりに、カレンが高らかに宣言した瞬間、エリンの強張った声が響いた。

「あらエリン。ちょうど良かった、喉が渇いたから冷たいお茶をいただける？」

エリンは求めに応じず、責めるような表情まで浮かべてきたため、カレンは狼狽える。

「何？」

「カルロス坊ちゃんの花嫁様が、こちらにいらっしゃるお方です」

真剣な声音でエリンから告げられた事実に、カレンは唖然とした顔をし、改めてルーリアを見た。

「ちょ、調合師でしょ？」

「いいえ。ルーリア奥様です」

「……初めまして、ルーリア・バスカイルです。ご挨拶が遅くなり申し訳ありません」

ルーリアは手にしていた水差しを調理台の上に置くと、体を小さくしながらカレンに向かって膝を折りつつ丁寧に挨拶をした。カレンは今さっきの自分の発言にハッとし、手のひらで口を覆う。

「カルロス坊ちゃん、もうすぐお帰りになりますよ。お茶の準備をしますから、どうぞお待ちください」

「いっ、いいえ。絶対に会いたくないわ。皆さんもお忙しそうだし出直します」

エリンが少し冷たい口調で提案すると、カレンは一気に顔を青くする。そのまま炊事場を出て行こうとしたが、途中でルーリアの方を振り返った。

「……あの、ルーリアさん……ごっ、ごめんなさい！」

深く頭を下げた後、淑女らしからぬ様子でバタバタと足音を立てて、その場から逃げ出した。

「奥様、すみません。カレンお嬢様は心根は優しいのですが、言葉が過ぎることが多々ありまして」

「い、いいえ。だいたい本当のことですから」

申し訳なさそうに謝ってきたエリンにルーリアは大きく首を横に振り、気にしていないことを伝えるように極力明るい声で返事をした。

「先ほど回復薬をお渡ししたお婆さん、とっても喜んでおりましたね。奥様の負担にならなければ、ぜひまた譲って欲しいとも」

「そんな風に言ってくださったのですか。嬉しいです。私、回復薬をもう少し作っておきますね」

幸せそうに水差しを抱きかかえると、ルーリアは書斎へ向かって歩き出す。エリンは「無理なさらないでくださいね」と声をかけ、ルーリアの華奢な後ろ姿を少し切なげに見つめた。

ルーリアが書斎にこもって数時間が経ち、窓の向こうの景色が夕暮れ色に染まり始めた時、カルロスが勢いよく室内に飛び込んできた。

「ルーリア！」

「カルロス様、お帰りなさいませ」

ラグの上にぺたりと座って、お昼ご飯として持ってきてもらっていたパンをもぐもぐ食べていたルーリアは、慌てて立ち上がってカルロスにお辞儀をする。

「座ったままで構わない。食事を続けて」

カルロスにそう言われ、ルーリアは「はい」と頷いて、元の体勢に戻った。しかし、皿に戻したパンには手を伸ばさず、自分の周りに置いていた本をひとつにまとめるように整頓し始める。

そんなルーリアと向かい合うようにして、カルロスも腰を下ろした。

「昼間、カレンが来たとエリンから聞いた。余計なことを色々言われていたとも。すまない」

「平気です」

平気と言いつつもルーリアが目を伏せると、首を傾げつつカルロスが顔を覗き込んでくる。

「平気だなんて嘘をつくな」

カルロスと視線を通わせるとルーリアの胸は切なさで苦しくなり、無意識に言葉が口をついて出た。

「カルロス様、申し訳ありません」

「何に謝ってる」

「……王女様と結婚の話が進んでいたと聞きました」

ルーリアから飛び出した言葉に、カルロスは不快そうに「は？」と低く呟く。

「王女様と結婚すれば、すぐにでも人生が華々しいものに変わったのに、それなのに私と縁を結ぶことになってしまって……せめて虹の乙女となった妹の方ならカルロス様の追い風にもなれたのに、相手が災いの種でしかない私で申し訳ありません」

そこで一呼吸挟んだ後、ルーリアはネックレスの魔法石をきゅっと握り締め、苦しそうに続けた。

「この関係はいつ終わりを迎えてもおかしくありません。将来有望であるカルロス様の経歴に傷をつけるだけなのだから、婚姻を結ばなくても良かった……」

「前にも言った通り、俺にも利がある。気にするな」

カルロスはルーリアの言葉を最後まで聞きたくなくて、遮るように言い放った。そして、淡々と自分の思いを語り出す。

「俺は、両親や屋敷の者たちの命を奪った闇の魔術師たちが憎い。多くを失ったあの日、俺は復讐に生きると誓った。その一味はもちろん、闇の力を使う者たちの息の根をすべて止めてやると」

カルロスが闇の魔力を持つ者たちを憎んでいるのは知っていたが、復讐という激しい感情にルーリアは酷く動揺する。

「闇の力を持つ者たちがカルロス様のご両親たちの命を……いったいどうしてそのようなことに」

「父は強いだけでなく、頭も切れる人だったから、闇の魔術師に繋がる何かを見つけてしまったんだと思う。あの場にいた中で俺だけが生き残れたのは……ただ悪運が強かっただけだ」

過去に苦しめられるカルロスの姿は孤独にも見え、何が死神公爵だとルーリアの心も痛み出す。自分にもその苦しみを分けて欲しくて、ルーリアは問いかけた。

「相手のお顔は覚えていますか？」

「いいや。黒い外套を纏い、目元は仮面で隠していた。どこのどいつかまでは辿り着けていないが、その中に俺とそれほど背格好が変わらない者がふたりいた。おそらく兄弟で、同年代だ」

カルロスも心の痛みを吐き出すように、小さなため息を挟んだ。

「復讐を選択した俺が何かの切っ掛けで真実に近づけば、俺の近しい人々を奴らはまた狙うだろう。だからもう大切な人を増やしたくなくて、誰かと家庭を築こうとは考えなかった。俺の家族はレイモンドとエリンとセレットと、今はそばを離れてしまったがカレンだけで良い」

そこで再び互いの視線が繋がる。見つめ合えば、自然とルーリアの目に涙が浮かび始める。

「そう思って縁談を断っていたのに、ルーリアのことは躊躇いなく受け入れてしまった。俺にとってルーリアが災いの種だと言うなら、俺だって同じ……いやそれ以上に厄介だろう。ルーリアは闇の魔術師に狙われている俺のそばにいないといけないのだから」

カルロスは手を伸ばし、ルーリアの肩にそっと触れる。彼の手の温かさに切なさを募らせながら、ルーリアはカルロスを真っ直ぐに見つめ返す。

「約束通り、闇の魔力から解放させられればルーリアを自由にするし、逆に飲み込まれてしまったら命をもらう。罪のないルーリアを殺めるのだから、嫁殺しという汚名もしっかり背負うつもりだ」

思わず口元を両手で押さえて、ルーリアは泣き出しそうになるのを必死に堪えた。

（そこまでカルロス様に責任を押しつけてしまって、良いのだろうか）

そう考えると心が否定し、苦しそうに唇を噛む。

（闇の魔力を抑え込めなくなってきた時は、静かにカルロス様の元を離れるべき……そう思うのに、自分が自分でなくなるその瞬間まで、あなたの隣にいたいと願ってしまう）

震える手を伸ばしてカルロスの腕に触れた瞬間、我慢できなくなり、ルーリアはぽろぽろと涙をこぼした。

（私はカルロス様が好き。もうどうしようもないくらい、好きです）

カルロスは戸惑いながらも、ルーリアの肩に乗せていた手を頭に移動させ、優しく撫でた。

「ルーリア、泣くな」

カルロスの困ったような声が響いた時、廊下を走る足音が聞こえ、ふたりは戸口に目を向ける。その数秒後、レイモンドが勢い良く駆け込んできた。

「カルロス様、いらっしゃいますか！」

「どうかしたのか……セレット！」

レイモンドの腕には黒い影を纏いぐったりとした、そして出血までしているセレットが抱きかかえられていた。カルロスに続いてすぐにルーリアも立ち上がり、レイモンドの元へ向かう。

《屋敷の周りに、黒精霊が集まってきていたから、追い払おうと思ったら……やられた》

薄く目を開けたセレットは、カルロスに気づくとそれだけ告げて苦しそうに顔を歪めた。

「早く傷を塞いで出血を止めないと。魔力の核にまで闇の力が達してしまったら手遅れになる……セレットを調合台の上に。回復薬も」

カルロスの指示にレイモンドはハッとした顔をし、気まずそうに告げる。

「すみませんカルロス様、回復薬は今朝私が残っているものをすべて持って行ってしまいまして」

「そうか、それならすぐに医局に行かないと」

言葉を返しながらカルロスは歩き出し書斎を出ようとしたが、追いかけるようにルーリアが声を上げた。

「……あの！　私、先ほど回復薬を生成しました。良かったらお使いください」

「感謝する！」

すぐさまカルロスは戸棚へと真っ直ぐ向かっていく。勢い良く扉を開けた瞬間、カルロスは面食らった様子でぴたりと動きを止めた。

「これ全部、作ったのか？」

「はい」

なんてことない口調でルーリアが返事をしたため、カルロスはまた数秒固まった。「そうか」と呟いた後、着ていた騎士団のジャケットを脱ぎ捨て、回復薬を手に取った。

調合台に横たわっているセレットの方を向いて立っているレイモンドに回復薬を渡すと、カルロスはセレットの上に両手を翳し、光の魔力を放出する。

レイモンドは回復薬に視線を落とし、目を大きく見開きつつも、栓を抜いて回復薬をセレットの傷に少しずつかけていく。

レイモンドの手が輝き出し、指先を動かすと、まるで糸で縫っているかのように傷口で光が動き始めた。

治療行為を初めて目にしたルーリアは、その様子を息をのんでじっと見つめた。

「……すごい」というレイモンドの呟きからわずかに遅れて、輝く光の中で出血はぴたりと止まり、傷口もゆっくりと閉じていった。

ホッとしたのも束の間、塞いだ傷口から黒い影が滲み出てきて、カルロスとレイモンドは一気に表情を険しくした。

（このままでは、セレットさんが黒精霊になってしまう）

精霊が黒精霊へと堕ちるところなど見たこともないが、本能でそう悟ったルーリアは、弾かれたようにカルロスの横に並び、加勢するようにセレットの体に手をかざした。

（少しでも力になりたい……私もカルロス様の大切な人たちを守りたいから）

ルーリアが目を瞑ると、昼間、回復薬を生成した時と同じように体が輝き出し、そして光を纏い始めた。すると今度はその光がセレットの体に纏わりついている黒い影を絡め取っていく。そして、黒い影を完全に払拭したところで光が一気に放たれ、キラキラとした輝きが室内に広がり舞い降りていった。

カルロスとレイモンドが唖然とする中で、ルーリアは光の魔力の高まりによって暴れ出した闇の力を必死に耐えるようにしてその場に蹲った。

苦悶《くもん》の声を上げるルーリアの体が再び光り輝き、そうかと思えば、黒い影がその身を覆う。

「ルーリア、しっかりしろ！」

カルロスは考えるよりも先に、ルーリアの細い体を包み込むように抱き締めた。

（……温かい）

カルロスの光の魔力が体に染み込むと一気に闇の魔力が抑え込まれ、ルーリアの呼吸も徐々に楽になっていく。

まだ光を纏っているセレットが調合台の上で体を起こしたところで、ルーリアもゆっくりと目を開け、カルロスの腕の中で大きく息をつく。

そして顔を上げて、セレットから闇の魔力の気配が消え去ったのを見て取ると、わずかに表情を和らげ、カルロスの腕に身を預けるようにもたれかかった。

カルロスもルーリアの状態が安定したことにホッとしつつ、改めて、セレットと戸棚にぎっしり詰まっている回復薬へと視線を向けた。

「……それにしてもすごいな。闇の魔力をここまであっさり払える者なんて滅多にお目にかかれない。しかもあれだけの量を作った後にだろ？　理解できない」

「あっ、あの、回復薬がなかったので、お婆さんにお渡しするために高価な聖水を少し使わせていただきました。もちろん勿体ないので追加したものには使ってません。聖水を生成するのにお水は使わせていただきましたけど」

勝手に高価な聖水を使ってしまったことは早めに言わなければと考えていたルーリアは、カルロスに対して今日一日の自分の行動を報告する。

「聖水を自分で生成したのですか？」

それを聞いていたレイモンドから驚いた声で質問が飛んでくると、カルロスは「回復薬を見てみろ」と促す。レイモンドはすぐに戸棚へと向かい、先ほどのカルロスと同じように補充されていた数にまず驚き、続けて回復薬を手に取り改めて確認し言葉を失う。

その表情から、クロエラに『もう少しちゃんと生成できないの？　お前の作ったものは低価格でしか売れないから、まったく利益にならない』と何度も言われたのを思い出し、ルーリアは気まずそうに謝罪する。

「出来の良くないものを作りすぎましたよね。ごめんなさい」

「でっ、出来が良くないなんて本気でおっしゃって……いる顔ですね。とんでもないです。普段医局から購入しているものと比べ物にならないくらい上等な品ですよ」

レイモンドは咄嗟に笑ってみたものの、しゅんとしているルーリアは顔を強張らせたままだったため、レイモンドは大きく戸惑う。カルロスはルーリアの両肩を軽く掴んで、真剣な面持ちで向かい合うと、力強く話しかけた。

「ルーリアは自分に自信を持って良い。俺もルーリアの夫であることを誇らしく思う」

褒められた上に、身に余る言葉までもらい、ルーリアは何も言えずに、ただカルロスを見つめ返した。

セレットは調合台から身軽に飛び降りると、ルーリアへと体を向ける。

《その通りだ。儂たち精霊の体は人間とは違い、魔力の塊のようなものだ。だから、精霊は人間の作った魔法薬を使うことはない。なぜなら魔力の高い者が生成した魔法薬でないとあまり効き目がないからだ。それがこれほどまでに回復してしまうとは驚きだ》

調合台から飛び降りても痛みが再発していない様子から、セレットがしっかり回復できていることは一目瞭然だ。

《それだけじゃない。今、儂は闇の魔力を受け、体の奥深いところにある魔力の核までも乗っ取られそうになっていた。ここまできてしまえば、普通はもう手の施しようがなく、諦めるしかないというのに、お嬢ちゃんの力で闇はすべて払われた。ルーリアさん、ありがとう》

深く頭を下げてきたセレットに、ルーリアが「頭を上げてください」と慌てる。すると、セレットは勢い良く顔を上げ、困惑したように眉を顰めた。

《待てよ……ルーリア・バスカイル。その名をどこかで耳にしたような気がするな。お嬢ちゃん、これまで精霊と関わりを持ったことは？》

「黒精霊から祝福を受けたことと、それ以来黒精霊を呼び寄せていることくらいです」

突然の質問にルーリアがはっきりそう答えると、記憶を掘り起こすようにしてカルロスが訂正を入れる。

「いや、違うだろ。アズターからは黒精霊の祝福を受ける前に、別の精霊からも祝福を受けていると聞いている」

「……えっ？　そっ、そんな話、知りません！　初めて聞きました」

ルーリアとカルロスは面食らった顔で見つめ合った後、カルロスが「ああそうだった」と思い出し、補足する。

「出産前、ルーリアの母親がひとりでいた時、精霊から祝福を受けた。その後すぐに出産となったため、伯父夫婦には伝えてないと言っていた。黒精霊からの祝福で、最初の祝福もなかったことにされてしまったと、アズターは悔しがっていた」

《馬鹿、そんな訳あるはずなかろう！》

セレットは強い口調でぴしゃりと言い放つと、決意を固めるように大きく頷いた。

《一度、トゥイルス国北部の霊峰にある我ら精霊の住処へ帰ることにする。すぐに戻るが、ルーリアさん、その間、儂の大切な庭を頼めるか？》

庭いじりなどしたことのないルーリアは怯み、顔を強張らせる。思わずカルロスとレイモンドへ助けを求めるように視線を向けると、温かな眼差しや笑顔を返され、自分はひとりではないという気持ちが芽生えた。

「……はっ、はい、精一杯頑張ります！」

少しだけ声を上擦らせながらルーリアが引き受けると、セレットはにっこりと笑ってその場からパッと姿を消した。

第五章　過去と繋がる

セレットが霊峰へ行ってしまってから、もうすぐ一ヶ月が経とうとしている。

（欲しい情報に辿り着けない）

カルロスはため息をつきながら国立図書館を出て、そこからほど近い場所にある騎士団の詰め所に向かって歩き出す。

時間を見つけてはこうして精霊に関する本を漁《あさ》っているのだが、精霊や精霊からの祝福に関して詳しく書かれている書物をなかなか見つけられない。

（精霊であるセレットに聞くのが手っ取り早いが……聞いたところで教えてもらえるかわからないな）

まだ幼かった頃、セレットに〝精霊〟に関して質問したことがあるのだが、語りたくないという反応をされ、断念したことがある。

とは言え、ルーリアに関して引っかかったような素振りを見せた後、セレットは消えたため、彼女に関わる情報を持って帰ってくるのは間違いないだろう。

（帰ってくるのを待つしかないか）

歯痒さを覚えながら歩道を進んでいると、背後にわずかだが知っている気配を感じ、カルロスはぴたりと足を止め、気だるげに踵を返す。

「何か用ですか？」

すぐ後ろにはカルロスに絡もうと手を伸ばしているエリオットがいて、失敗したことに苦笑いを浮かべる。

「気配を消していたのに、なぜバレたんだ」

「完全に消せていなかったからです」

カルロスから冷めた眼差しを返されても、エリオットは気にすることなく、そのままがしっとカルロスの肩に腕を回した。

「この前預かった魔法石から魔力紋を分析してみたが……闇の魔力は一致したぞ。かつてジークローヴ家を襲った者たちの魔力紋と」

「……なんだって」

こそっと告げられた言葉にカルロスは大きく目を見開き、怒りを表情に滲ませる。

「さすがに、闇の魔力ではどこの一族の紋か判別できませんでしたよね？」

かつて亡骸に残された魔力を分析してもらったが、どの一族にも該当しなかった。

今回もそうだろうと期待はせずに確認の言葉を投げかけると、やはりエリオットは首肯する。

しかし、カルロスは心に生まれた希望を消さずに、別の質問を投げかけた。

「では、もうひとつ残されていた水の魔力の方は？」

「……それが、どれとも一致しなかった」

犯罪などの抑止力として、魔力を扱う一族は必ず魔力紋を登録することとなっている。しかし、闇の魔法を扱う時は故意に魔力紋を変えている場合が多く、そこから使用者を炙り出すことは難しい。そして、魔力紋を変えて魔力を発動させるのは、手間がかかり多くの魔力も必要となるため、それなりに力がある者でなければできない。

そのため、水など生活魔法にも分類される比較的簡単な魔力からなら、どの一族かを特定できるのではないかと考えたのだが、期待は砕け散った。

「相手が慎重なのか、そもそも一族が偽りの魔力紋で登録しているのか」

魔力紋を偽るのは重罪であり、数年に一度、当主に魔力を発動させて一族の魔力紋に変更がないかどうかの確認も行われている。それは城の中で、役人や騎士団員たちが目を光らせる中で行われ、魔力紋を故意に変えたりすれば魔力の不自然な流れから簡単に見破られる。偽ることなど無理だろうとカルロスは自分の発言に眉を顰めた。

しかし、エリオットはあっけらかんとした口調で断言する。

「偽りの線が濃厚だろうな。闇と水の魔力紋は一致している」

「……それって魔力紋は変えていないということですか？」

「ああそういうことだ。ってことは、役人と騎士団員が無能か、もしくはあえて見過ごしていることになる」

役人もしくは騎士団の仲間の中に、闇の魔術師に力を貸している者がいるかもしれないと考えると、カルロスは一気に苛立っていく。

「行く手を塞がれた感はすごいが、振り出しまで戻された訳じゃない。水の魔力を得意とする一族を洗いざらい探ってみることにするよ」

エリオットの前向きな発言にカルロスが「お願いします」と感謝の気持ちを返した時、前方に見えてきた騎士団の詰め所の門から、慌てた様子で騎士団員が飛び出してきた。

ただならぬ雰囲気を感じ取ったエリオットはカルロスから腕を離し、「おーい」と声をかける。すると、エリオットとカルロスに気づいた騎士団員は、急ぎ足でふたりの元へとやって来た。

「何かあったのか？」

「……昨晩捕縛しましたあの者がまた暴れまして、団員が怪我を。回復薬をもらいに医局へ行ってきます」

昨晩、町の飲み屋で暴れている男がいるとの通報があった。泥酔して暴れているのだろうと踏んで団員三名で現場に向かったのだが、その男は酔ってなどいなかった。闇の魔力に飲まれ、心を乗っ取られている状態だったのだ。

居合わせた人々に危害を加えていたため団員三人に取り押さえられ、今、騎士団の詰め所の地下にある牢《ろう》に入れられている。

簡単に報告し、そのまま団員はふたりの横を通り過ぎて行こうとするが、すかさずカルロスが疑問を呈す。

「昨日、回復薬を補充しているのを見かけたが、それでも足りなくなったのか？」

実は、闇の力によって暴走する者はここ最近増えていて、十ほどある地下牢は半分まで埋まってしまっている。そのため魔法薬の注文数も大幅に上げて対応しているはずだ。

団員はカルロスをちらりと見つつ、言い辛そうに打ち明けた。

「いいえ。数はあるのですが……正直、効果が低すぎて使い物にならないのです」

「まさか、仕入れ先をバスカイル家から別のところに変えたのか？　聞いていないぞ」

エリオットが憤慨した様子で口を挟むが、団員は否定するように手を小刻みに振る。

「変えていません。けど、効果が薄すぎて、誰かが安い回復薬と中身を入れ替えたのかと疑うくらいです。でも、封はしっかりされているし、ラベルにもバスカイル家のサインがあるし……カルロス部隊長の奥様の実家、今何か問題でも？」

（問題だらけだ）

そう答えそうになるのをカルロスはぐっと堪えて、「確認しておこう」とだけ返すと、ポケットから小瓶を取り出して騎士団員に渡す。

「ひと瓶しかないが、これも使え」

騎士団員は受け取った小瓶を確認すると同時に、目を丸くし、興奮気味にカルロスへと向かっていく。

「……こっ、これ、どこの誰から手に入れたのですか？　最高級品と言っても過言ではない輝きですよ。初めて見ました」

「後で教えてやるから、早く行け」

カルロスに軽く嗜められ、傷を負った仲間が待っていることを思い出した騎士団員は、「そうでした。行ってきます」と慌ててふたりの元を去っていく。

同時にカルロスも門扉に向かって足早に歩き出し、すぐに横に並んだエリオットに話しかけた。

「バスカイル家の魔法薬、確認させてもらってもいいですか？」

「ああ構わない。それにしても、ずっと高品質を保ってきたバスカイル家が、こんなこと初めてだな……何か心当たりはあるか？」

エリオットは不思議そうに呟いた後、探るような眼差しをカルロスに向ける。カルロスは軽く肩を竦めてから再び口を開いた。

「俺が渡した回復薬、見ました？」

「ああ。すごい調合師を見つけたようだな。どこの誰だ」

「今俺の屋敷にいますよ。ルーリアです」

「さすがバスカイル家の人間だな」

手を叩いて興奮気味に褒め称えるエリオットとは対照的に、カルロスは冷め切った顔で不満げにため息をつく。

「昨日仕入れたものを見てみないとなんとも言えないし、一個人の意見として聞いて欲しいのですが、場合によってはバスカイル家との取引をやめることを提案します。今後、あの家が以前と同じ品質のものを生成できるとは思えません」

「……虹の乙女がいてもか？」

「ええ。品質が下がったというのなら、それが答えでしょう」

バスカイル家で思っていたよりも根深い問題が起きている予感を覚え、エリオットは思わず息をのむ。そして、やや間を置いてから、真剣な面持ちでカルロスにお願いする。

「もう一度お前の奥さんの回復薬を見せてもらいたい」

「もう持ってません。今度見せます」

「じゃあ仕事帰りに遊びに行ってもいいか？」

「お断りします」

カルロスは嫌そうにきっぱりと断り、怯んで足を止めたエリオットをその場に置き去りにするようにして、素早く門扉を潜り抜けたのだった。

それから三日が経ち、暖かな日差しの下、花壇に水を撒《ま》き終えたルーリアはふうっと息を吐くと、カルロスが自分のために庭に設置してくれた多くの魔法石を見回して、わずかに口元を綻ばせた。

（こうして外に出られるようになるなんて……カルロス様には感謝しかないわ）

心に温かさが広がるのを感じながら、ルーリアはすぐ近くで雑草を抜いている老婆のそばへと移動する。

「手伝います」

そう言って笑いかけたルーリアに老婆が嬉しそうな笑みを返すと、そこへ「私も水撒き終わりました」とエリンも合流する。

ジークローヴ邸の庭にはこの三人の他に、近所に住む年配の男性がふたりいて、彼らは大きな鋏《はさみ》を手に、木々の剪定《せんてい》を行っている。

セレットがまだ戻ってきていないため、今もまだ庭仕事はルーリアの担当だ。

庭仕事をやり始めて間もない頃のこと、カルロスとレイモンドも一緒になって慣れない手つきで水やりや草むしりをしていると、老婆が屋敷を訪れた。

この老婆は以前ルーリアが生成した回復薬を譲った相手で、「先日、あのように上等な回復薬を少ない金額で譲ってくれたお礼に、私にも手伝わせてください」と申し出てくれたのだ。

それ以降、近くに暮らしている庭仕事が好きな人々にも老婆は声をかけて、こうして度々来てくれている。

一段落したところで、みんなで東家に集まった。木の実のジュースやお菓子を賑やかに飲んだり食べたりし始めたところで、ルーリアは庭仕事を手伝ってくれた三人にお手製の回復薬をひとつずつ手渡した。

「私にできるお礼はこれくらいしかなくて、必要ないかもしれませんが、どうぞもらってください」

老婆と長身の男性はとびっきり嬉しそうな顔をすると、ルーリアの回復薬を大切に抱きかかえて「ありがとうございます」と繰り返す。

そして、もうひとりの恰幅の良い男性は、驚いた様子で目を丸くして「これほどまでのものを、いただいてしまって宜しいのですか？」とルーリアに確認する。

ルーリアがもちろんといった様子で頷くと、他のふたりと一緒に深く頭を下げた。

「カルロス様のお嫁さんが作った薬は本当に素晴らしいんだよ。俺は腰痛持ちで、少し前に虹の乙女と言われる娘さんの治癒を受けても一向に改善されなかったんだが、この前いただいた魔法薬を使わせてもらったら効果てきめんで、仕事も捗るよ」

長身の男性からアメリアの話が出て、ルーリアは恐縮して言葉を挟む。

「それはきっとたまたまです。私の力なんてアメリアの……虹の乙女の足元にも及びませんから」

「いやいや。そんなことはない。むしろあの娘よりも、カルロス様のお嫁さんの方が虹の乙女のようだよ」

　これまでずっと、アメリアを尊い存在として敬ってきたルーリアにとって、今の老婆の言葉は思うことすら許されなかったことであり、表情を強張らせて懸命にふるふると首を横に振る。

「さあ皆さん、今日はもうこの辺でお開きとしましょうか。私たちはこれから用事がありますので、準備しなければいけませんし」

　老婆はどうやら虹の乙女がルーリアの妹であることをわかっていない様子である。放っておけばそのまま話を続け、ルーリアが困るのも目に見えていたため、エリンは慌てて話に割って入った。続けて、タイミング良く屋敷の門が開き、荷馬車に乗ったレイモンドが入ってくる。

「ちょうど良かった、積み込むのを手伝っていただけませんか？」

　御者台から降りてきたレイモンドは、男性ふたりににこりと笑いかけてお願いする。すると、男性ふたりは快く了承し、レイモンドと共に屋敷の中へと入っていった。

「私も一緒に運んだ方が」

「いいえ。大丈夫ですよ。魔法薬はたくさんありますし、まとめて運ぶのは重いですし、ここは男三人に任せて、私たちは着替えちゃいましょう」

　後を追って屋敷に向かおうとしたルーリアは、あっさりとエリンに引き止められる。お婆さんを見送ってから屋敷の中へ移動し、土で汚れたドレスから余所行きのものへと手早く着替えた。そして、エリンに促されるまま、普段は恐れ多くてつけていない結婚指輪をルーリアは指にはめたのだった。

庭に戻り、もうすぐ出発だと思うと、ルーリアの鼓動は緊張で速くなり、共に馬車のそばに並び立ったエリンへと強張った顔で話しかけた。

「今から騎士団の詰め所に行くと思うと、緊張します」

実は今朝、カルロスが出勤した後、屋敷にエリオットが訪ねてきたのだ。

顔を合わせてすぐに『あなたにお会いしたかったです』と握手を求められ、相手が騎士団の黒色の制服を着ていることから騎士団員なのだろうということはわかったが、その気安い態度にルーリアは戸惑い、固まってしまった。

しかし、その場にやって来たレイモンドが『騎士団長！』と驚いたことで、カルロスの上司であるとわかり、ルーリアは少しずつ表情を和らげていった。

それから『生成した魔法薬があれば見せていただきたい』とお願いされ、断る理由のないルーリアは、すぐに書斎へと案内し、作り置きしていた魔法薬をすべて見せた。エリオットは魔法薬を手に取ると感激した様子となり、『ここにあるものをすべて騎士団に売ってくれないか』と申し出たのだ。

人々のために働いている騎士団の力になれるなら、そして、自分の魔法薬が少しでもカルロスの役に立てばと考え、ルーリアは『こちらでよければ』と返事をした。

レイモンドも含めて話をし、後で騎士団へ持っていくと約束を交わした後、エリオットは

『カルロスと一緒に待ってるからね』と笑顔で屋敷を後にしたのだった。

騎士団の詰め所に行くのは初めてで、騎士団員としてのカルロスを見るのも久しぶりであるため、それからずっとルーリアは楽しみでそわそわし通しだったのだ。

「実は私も初めて中に入りますよ。楽しみですね」

エリンがにこやかに答えた時、屋敷の中から大きな箱を抱え持ったレイモンドたちが出てきた。荷台に積み込み終えると、男性ふたりは「また手伝えることがあったら、遠慮なく言ってください」とルーリアに笑いかけ、そのまま屋敷を出て行った。

そしてレイモンドは御者台へ、ルーリアとエリンは荷台に移動し、騎士団の詰め所へと出発する。

カルロスの力が込められた魔法石のペンダントを得てから、ルーリアの闇の魔力はしっかりと抑えられている。そのため『短時間で済むなら買い物に出ても構わない……でもまあ、俺かレイモンドが付き添える時が望ましいが』と、カルロスから外出の許可は一応出ている。

とは言え、ルーリアが不安を感じない訳はなく、ペンダントの魔法石をそっと両手で包み込んだ。

あっという間に荷馬車は騎士団の詰め所に到着し、レイモンドが門番をしている団員と少し言葉を交わしただけで、敷地の中へと入ることができた。

門のそばで荷馬車を止めて待っていると、すぐにエリオットが数人の騎士団員を引き連れてやって来た。

「ご足労おかけしました。せっかくだし、みんなにルーリアさんを紹介したいし、このままカルロス第五部隊長のところへ行きましょう」

エリオットが「そっちは頼んだよ」とレイモンドに声をかけると、レイモンドは頷き、エリオットが連れてきた団員たちに「一緒に医務室まで運んでくれますか」とお願いした。

ルーリアはエリンと共にエリオットに続いて歩き出した。すれ違う団員たちがルーリアへ不思議そうな眼差しを向ける度、エリオットが「彼女、カルロスの嫁さん」と紹介する。その度、団員たちがルーリアの指に輝く結婚指輪に目を向けてから姿勢を正して「カルロス部隊長にはお世話になっております！」と頭を下げるため、エリンは「今日の話題はこれで持ち切りでしょうね」とルーリアにこっそり話しかけた。ルーリアは恐縮しきりで、同時にカルロスの存在の大きさを改めて感じたのだった。

「失礼するぞ……あれ。いない」

エリオットはノックしたものの返答を待たずに、カルロスの執務室のドアを勢い良く開けたが、そこに主人の姿はなかった。ちょうど隣の部屋から剣を二本携えた団員が出てきて、エリオットに元気良く挨拶する。

「騎士団長、お疲れ様です！　……どうかされましたか？」

「ケントか、良いところに。カルロス部隊長がどこにいるか知ってるか？」

「カルロス部隊長なら、先ほど医務室に行かれました」

すぐに返ってきた言葉を聞いて、ルーリアは思わず息をのむ。

「医務室……もしかしてお怪我をされたとか？」

不安そうにルーリアが確認すると、ケントは慌てて両手を振った。

「確かに怪我人は出たのですが、それはカルロス部隊長ではありませんので……あの、失礼ですが、どちら様ですか？」

そこでケントは、ルーリアとエリンを気にかける様子を見せる。それを受けて、エリオットから「自己紹介を」と促されたため、ルーリアは慌ててお辞儀をした。

「私は、ルーリア……ルーリア・ジークローヴと申します！」

バスカイルと名乗りかけるが、自分はすでにジークローヴであることをルーリアは思い出し、声を上擦らせながら今現在の名を名乗った。

「ジ、ジークローヴ⁉　ってことは部隊長の奥様ですか‼　バスカイル家の方だと聞いております」

「はい。そうです……姉の方です」

「失礼しました！　初めまして。カルロス部隊長にはいつもお世話になっております。ケント・ニードリーと申します」

カルロスほどの長身ではないが、こげ茶色の髪に、爽やかな笑顔を浮かべる彼は第五部隊の一員らしく、ここまで会ったどの団員よりも感激した様子でルーリアに挨拶する。緊張で早まった鼓動と気恥ずかしさから熱くなった頬、そして、なぜ妹ではなく姉の方を選んだんだと思われているかもしれないという不安で、ルーリアが固まってしまうと、緊張をほぐすかのようにエリオットがルーリアの背中に軽く触れる。

「とても優秀なお方だ。これから我々騎士団は彼女に力を貸してもらうことになるだろう」

エリオットに褒められて、ルーリアが驚いた様子で彼を見上げる。

実は、今朝方のエリオットとの会話の中で『今日だけでなく、これから継続して、騎士団のために魔法薬を作っていただけないか』と頼まれたのだ。今回は自分の判断で魔法薬を渡すことにしたが、ずっととなると話は別だとルーリアは思い、『カルロス様と相談してから決めてもよろしいですか？』と保留にしたのだ。

そのため返事はまだしていないが、期待されているのはひしひしと伝わってきて、ルーリアが戸惑いの眼差しをエリオットに返す。そのままゆっくりと視線を下げた時、背中に感じていたエリオットの手が離れ、後ろから低い声が響いた。

「……いったいこれはどういうことですか？」

「おっとっと、戻ってきたのか。早いな」

「カルロス様！」

振り返り見つけた姿につい声が弾んでしまい、ルーリアは頬を赤らめた。一方、カルロスは不機嫌顔でエリオットの手を掴んでいたが、ルーリアの様子と細い指に輝く自分が贈った指輪に気がつくと、戸惑いと気恥ずかしさに視線を揺らし、握り締めていたエリオットの手を離した。

「私が作ったもので良ければ使ってもらいたくて、魔法薬を持ってきました」

「レイモンドが運んできた魔法薬を見て、ルーリアが作ったものだとすぐにわかった。それで、騎士団長が俺のところへ女性を連れて行ったと聞いて、慌てて戻ってきたんだ。俺の知らないところで、勝手なことをしないでください」

カルロスからの非難にもエリオットは笑みを浮かべ、言葉を返した。

「いやだってさ、食事の席を設けろと繰り返し言っているのに無視するから、俺から会いに行ってしまったよ。それで魔法薬を見せてもらって、あまりにも素晴らしいから、その場で取引を持ちかけたんだ。代金を払いに、また屋敷を訪ねさせてもらうよ」

「わざわざ足を運ばなくても。代金なら俺を通して払ってもらって構いません」

「足くらい運ぶさ。俺はこれからも彼女に依頼するつもりだからね。ああそうだ、支払いの額に希望があれば今聞いておこう」

依頼するつもりだなんて聞いてないとばかりに眉根を寄せたカルロスにはお構いなしに、エリオットはルーリアへと問いかけた。

ルーリアは一気に困り顔になった後、申し訳なさそうに希望を口にする。

「あ、あの。使わせていただいた薬草の代金と、魔法薬の瓶代だけいただければそれで結構ですので」

材料だけは屋敷にあるものを使わせてもらうしかなく、その分を補充するための金額をもらえたらとルーリアは考えたのだ。恐る恐るみんなの表情を窺うと、全員が唖然とした表情を浮かべていたため、ルーリアは顔色を変える。

「すみません。厚かましいお願いをしてしまいました」

「ルーリア、違う。誰もそんなこと思ってない」

カルロスに否定され、ルーリアは再び人々を見回す。カルロスとエリンは苦笑いをしていて、エリオットは動揺した様子に変わり、ケントはカルロスに同意するようにコクコクと頷いている。

「バスカイル家の娘なら、しっかり高額を要求してくると思っていたから驚いている。あれだけの才能を持っているのに謙虚すぎだろ。お前の嫁には勿体ないな」

「なら金額は、夫である俺がルーリアに代わって交渉させていただきます」

「……とんでもない金額をふっかけられそうで怖い」

じろりと睨みつけつつ当然のように言い放ったカルロスへと、エリオットがわざとらしく体を震わせたため、ケントとエリンが笑った。

今もまだ戸惑った様子のルーリアへと、カルロスは体を向ける。

「ルーリア、用が済んだなら家まで送ろう」

「あのでも、カルロス様はお仕事中でしょうし、私にはお守りもありますので大丈夫です」

「いいや、心配だから送る」

有無を言わせず、カルロスがルーリアの手を掴んだ。そして「エリンも行くぞ」と声をかけ、ゆっくりと歩き出す。

「ありがとうございます」

繋がれた温かな手と大きな背中を見つめて、ルーリアはぽつりと話しかける。彼は真っ直ぐ前を見たまま黙っているが、繋いだ手に力が込められたように感じ、わずかに口元を綻ばせた。

歩き出した三人の横に、「俺も戻るか」とエリオットが並ぶと、後ろからケントが「いつでもまた来てくださいね！」と声を上げ、ルーリアは振り返って頭を下げた。

玄関口まで来たところで、カルロスはエリオットへ問いかける。

「騎士団長はこのまま執務室に戻りますか？」

「いや、医務室に行く。早速魔法薬の確認をさせてもらう予定だ」

「それなら、レイモンドに帰るからこちらに戻るように伝えていただけますか」

「わかった。それじゃあルーリアさん、今日はありがとう。また近いうちに」

にこやかに手を振るエリオットからルーリアを引き離すように、カルロスはすぐさま手を引いて外へと出た。門扉の近くに止めてある荷馬車へ足を向けるが、途中でカルロスは迷うように足を止め、ルーリアの手を離した。

「俺は馬を連れてくるから、荷馬車の中で待っていてくれ」

「わかりました」

言葉を交わすとすぐにカルロスは厩舎へ歩き出した。もちろんルーリアはエリンと並んで荷馬車へと移動し始めるが、門の外から騒がしい声が聞こえてきたため、途中で足を止めて不思議そうに門の方を見つめる。

「なんでしょうね？」

エリンも気づいたらしく、ルーリアの少し先で立ち止まって同じように目を向けた。

その瞬間、門がバタンと開かれ、男が騎士団員ふたりに両腕を捕らえられた状態で敷地内に入ってきた。

男は普通ではなかった。瞳は真っ黒に染まり、唸り声を上げてはがむしゃらに身を捩って騎士団員たちを振り払おうとする。そしてルーリアには真っ黒な影が男性にまとわりついているように見えた。

その黒い影には覚えがあり、まるで反応するかのように鼓動が重々しく響いた。

（……私はきっと、あの男性に近づいちゃいけない）

体の中に潜んでいる闇の魔力が騒めき出したのを感じれば、ぞくりと背筋が震え、ルーリアは怯えるように後退りした。

建物の中からふたりの騎士団員と白衣を着た医師が飛び出してきて、「お疲れ様です！」と声をかけながら、騎士団員たちの元へと一直線に駆け寄っていく。

応援が来たことに、男を捕らえていた騎士団員の片割れがホッと息をついた。その少しの油断を見逃さずに、男が騎士団員に噛みついた。

痛みで騎士団員が手を離してしまったため、片腕が自由になった男がもうひとりの騎士団員へと掴みかかり、さらに噛みつく。

駆け寄ってきていた三人は、獣のように目をぎらつかせている男から少しの距離を取って立ち止まり、男を警戒しながらも、その男のそばで痛みに顔を歪めている団員たちに目を向けた。

次の瞬間、男が大きく叫び声を上げ、噛みついた騎士団員ふたりに向かって、闇の魔力を放った。

黒い影に体を覆われた騎士団員たちが、苦悶の声を上げる。ルーリアはその姿から目を離せないまま、また一歩後退りすると、砂を踏んだ音が聞こえたかのように、男の顔がルーリアへと向けられニヤリと笑う。

ルーリアだけを瞳に宿しながら歩き出した男の右手に、禍々しく蠢きながら影が滲み出てきて、それがルーリアに向かって一気に放たれた。

まるで自分の意志を持っているかのように迫り来る闇に、ルーリアは足が竦み動けなくなる。

（あれに捕まってしまったらすべてを失ってしまう。……でも、もう逃げきれない）

恐怖に体を震わせるルーリアを捕らえるその寸前で、影は斬り落とされた。

「いつ何時も油断するなと言っているのに」

気がつけば、ルーリアの傍らには剣を手にしたカルロスが立っていて、口ではぼやきながらも、冷酷な眼差しは男に向けられている。

再び放たれた闇の魔力も剣で沈め、続けて放たれた水礫《みずつぶて》もすべて凍らせて、カルロスはそのまま男へと弾き返した。距離を置いていた騎士団員たちだけでなく、新たに詰め所から出てきた者たちが自分ににじり寄ってきているのに気づいてか、男はこの場から逃走を図ろうとする。しかし、そこでもすかさず、カルロスが魔法で両足を凍らせ、男の動きを封じた。

「連れて行け。そこのふたりの治療を速やかに頼む。騎士団長にも報告を」

カルロスが命じると騎士団員や医師から「はい!」と返事が上がり、それぞれに動き出した。

「ルーリア、大丈夫か?」

確認するような眼差しのカルロスに問われ、ルーリアは顔を強張らせたまま「はい」と返事をする。そして、喚き散らす男が数人がかりで運ばれていく様子を目で追いかけた。

「あの方は……」

「闇の魔力に飲まれてしまった者。穢れ者とも呼ばれている」

「……それなら、私もああなる可能性があるということですね」

それにはカルロスは答えず、ルーリアからそっと視線を逸らした。

「あのように、我を忘れたまま生きていく者が大半だが、中には自我を取り戻す者もいる。そいつらは闇の魔力を巧みに使って人々に災いをもたらすようになる。心はもう蝕まれきっているから、救い出すことはできない」

これまで散々闇の力に飲み込まれないようにと言われ続けてきたが、そうなってしまった人を見るのは初めてで、ルーリアは言葉を失う。

（あのようにはなりたくない）

そうは思っても、あの男は明日のルーリアの姿かもしれないのだ。

穢れ者となってしまえば、自分に良くしてくれているみんなを傷つけてしまうかもしれないと恐くなる。

ルーリアは不安な気持ちを抑えるように、お守り代わりの魔法石をぎゅっと握り締めた。


レイモンドが戻ってくると、ルーリアたちは行きと同じようにそれぞれ荷馬車に乗り込み、愛馬に跨ったカルロスがそれに並走する形で騎士団の詰め所を後にした。

ルーリアの表情はどことなく強張ったままで、穢れ者を目の当たりにしてショックを受けているのは明白だった。

（こういう時、どんな言葉をかけたら良いのか見当がつかない……騎士団長なら気の利いた言葉のひとつやふたつ言えそうだが）

脳裏に浮かんだエリオットの顔にカルロスは顰めっ面をし、視線をルーリアから前方へと戻した。

道ゆく人々からは相変わらず好奇の視線を向けられ、それに嫌気がさしながらも中央に大きな噴水がある広場に出たところで、黒い外套を纏った人物が視線の隅を掠め、すぐさまそちらを確認する。

広場の中でもカルロスたちの場所から一番遠い位置にある花屋の前に黒い外套を纏った人物がいた。体つきから男だと判断した後、隣接する店との間に、もうひとり似た格好の男がいることに気づく。

（……誰だ）

距離がある上、フードを深々と被っていて、なおかつ目元を仮面で隠しているため顔はよくわからない。しかし、男たちの異様にも映るその格好は、カルロスに十年前の記憶を呼び起こさせ、一気に肌が粟立《あわだ》っていく。今すぐ外套を着た男たちの元へ駆けて行きたい。湧き上がってきた衝動を押さえ込むように手綱をぎゅっと握り締めた。

（今は優先すべき者がいる）

カルロスは不安そうに荷台で小さくなっているルーリアへと視線を落とし、屋敷への道から逸れることなく馬を走らせた。

屋敷の中に入り、ようやく肩の力を抜いたルーリアを見て、カルロスもつられるように安堵する。

「やっぱり、屋敷の中は落ち着きます」

穏やかな声でルーリアはそう呟いた後、炊事場に向かって休む間もなく歩き出したエリンに気づいて「お手伝いさせてください」と話しかける。しかし、エリンから「大丈夫ですよ。奥様は休んでいてください」と微笑み返され、ルーリアは足止めをくらう。

それでも行くべきか行かないべきかと悩んでいる様子の彼女にカルロスは苦笑いする。

「騎士団長に振り回されて疲れただろう。のんびりしていたら良い」

「……あの、でしたら私……もしかしたらまたすぐ魔法薬が必要になるかもしれませんし、持っていった分だけでも、生成しておこうかなと思います」

気持ちはすでに書斎に向かっているような様子でそう言葉を返した後、少しばかりそわそわしながらルーリアはカルロスにお願いする。

「あのカルロス様、必要な時はまた魔法薬をお譲りしてしまっても構いませんか？　カルロス様は立場がありますし、私が出しゃばったりしたら何か不都合があるのでしたら、もちろんやめておきますけど」

「構わないよ。でも時々俺も依頼状況を把握させてもらう。無理は絶対に禁止だ」

「はい。ありがとうございます！」

わずかに口元を綻ばせたルーリアにカルロスは思わず目を奪われ、書斎へと足早に歩き出した彼女の後ろ姿をじっと見つめる。

そんなカルロスの横にやって来たレイモンドも、眩しそうにルーリアを見つめる。

「最近、穢れ者が多出しているからか、魔法薬、特に回復薬の消費が早いですからね。協力してくれるのは正直助かります」

そこでレイモンドは逡巡《しゅんじゅん》するように話を止めて、やや間を置いてから自分の考えを言葉にした。

「最近のバスカイル家の魔法薬は価格と効果が見合っていません。はっきり言ってひどいです……だからか、今まで騎士団がバスカイル家から買っていた魔法薬は、ほとんどルーリアさんが生成されていたもののように思えてなりません」

「本人はそうとは思っていないようだが、俺はルーリアひとりで作らされていたと確信している。このままバスカイル家の評判は落ちていくだろう。もし、ルーリアに接触しようとするなら、全力で阻止してやる。彼女は二度と渡さない」

カルロスの脳裏に、初めてルーリアと出会った時のことが蘇り、引き止めれば良かったという後悔がまた胸を苦しくした。

「二度と、ですか。カルロス坊ちゃんはルーリアさんと、前に会ったことがあるのですか？」

「ああ、十年前に一度。その頃、レイモンドにも、はちみつ色の髪色の女の子を知らないかと何度か聞いたと思う」

告げられた事実にレイモンドは目を丸くして、ポンと手を打った。

「あの時の！　確かに何度も聞かれましたね。その子がルーリアさんだったのですか……なるほど納得しました」

「何をだ？」

「結構な数の縁談が来ていたのに見向きもしなかったカルロス坊ちゃんが、どうしてルーリアさんとは結婚する気になったのか不思議だったのですよ。それはルーリアさんだったからですね。長年の片想いが実って本当に良かった」

カルロスは動きを止め、〝片想い〟という言葉を頭の中で繰り返す。そして数秒後、大きく首を横に振る。

「俺は別に。ルーリアを手元に置いといた方が得だと思っただけで」

「結婚するまでに、カルロス坊ちゃんが異性を気にかけている姿を見たのはあの時だけです……と言っても、その後色々ありましたからね。幼くして当主となった坊ちゃんはずっと走り続けるしかなくて、そんな余裕がなかったのは仕方ないと思います」

ルーリアと出会ったその後に、ジークローヴ家は悲劇に見舞われた。レイモンドとエリンとカレンはたまたま三人で外出していたため被害に遭わずに済んだが、それ以外で生き残ったのはカルロスただひとりだ。

少しばかりしんみりとした空気になってしまったところに、炊事場からエリンが戻ってきて、

「どうかしたの？」と不思議そうに問いかけた。カルロスはなんでもないという風に肩を竦めてみせた後、「俺は詰め所に戻る」と呟いて、玄関へと向かっていった。

屋敷を出て、先ほど通りかかった広場へ愛馬を走らせる。もちろんカルロスの脳裏に浮かぶのは、黒い外套を纏った男たちの姿だ。

（……思う通りにはいかないいな）

広場に到着すると走る速度を落とし、花屋付近はもちろんのこと全体を見回すものの、それらしき姿は見つけられなかった。

歯痒さを募らせた時、前方から「カルロス部隊長！」と声をかけられ、見回り中の騎士団員四名が近づいてきた。

「ご苦労様……怪しい動きがある。くれぐれも油断するなよ」

カルロスから小声で告げられた言葉に、団員たちは表情を引き締めて「はい」と返事をする。

またそこに二名の騎士団員がやって来て、「これから、先ほど穢れ者が現れた地点を調べてきます」とカルロスに報告した。

それぞれ騎乗しているため、近くにいる幼い男の子が「かっこいい」と声を上げながら、こちらを見上げている。そんな様子に騎士団員たちは気づいてにこやかに手を振った後、それぞれがこの場を離れていく。

次の瞬間、そこにカルロスの姿はなく、馬だけが残されていた。

「詰め所まで来てもらおうか」

カルロスの真後ろに位置していたパン屋の裏手にて、息をひそめて身を隠していた黒い外套を纏った男の背中へと、カルロスが剣先を突きつけていた。

両者の殺気が混ざり合い、緊張感が張り詰める中、カルロスは挑戦的に口角を上げた。

「拒否するなら、このまま首を跳ね飛ばす」

宣言した瞬間、店の表の方から悲鳴とどよめきが上がる。「黒精霊よ！」と女性が引き攣った声で叫んだ後、幼い男の子の泣き声が続いた。

「お仲間の仕業か」

先ほどは一緒にいたもうひとりの姿が見えないため、カルロスが苦々しく吐き捨てると、フードの下で男が小さく笑った。

「俺に構っていて良いのか？　被害者が出るぞ」

低い声で告げられた言葉は、次々と上がる悲鳴と苦悶の叫び声で現実味を増していく。

カルロスは舌打ちすると、男の元から広場へと戻っていく。見回せば、すでに三人ほどが闇の魔力に取り込まれ暴れ出していた。逃げ惑う人々の中に、騒ぎに気づいて戻ってきた団員たちの姿もあった。

「……黒精霊」

広場の上空にはぽつりと黒精霊が浮かんでいる。ぶつぶつと何かを唱え続けている女の黒精霊の足からは短い鎖が垂れ下がっている。その姿を見て、カルロスは城で見た精霊と同じだとすぐに判断した。

黒精霊の虚ろな眼差しがカルロスに向けられた数秒後、ゆっくりと宙に溶け込むかのように姿を消す。

カルロスは苛立ちを込めるかのように剣の柄をぎゅっと握り締め、この場を鎮めるべく、力強く地面を蹴って走り出した。

騎士団の詰め所に魔法薬を運んでからちょうど一週間後、再びエリオットがルーリアに会いに屋敷を訪れた。

もちろんやって来た理由は魔法薬生成の依頼で、すでにカルロスの許しを得ていたこともあり、ルーリアはその場で引き受けたのだった。

それから三日が経ち、ルーリアが魔法薬の瓶に栓をし、ふうと大きく息を吐き出したところで、カルロスが書斎に姿を現した。

「お疲れ、ルーリア」

「カルロス様、おかえりなさいませ！　たった今、依頼されていた分を作り終えました。レイモンドさんの予定が大丈夫なら、早速、明日渡しに行ってこようと思います」

「早いな。無理は……していないみたいだな。それなら、無茶はするなよ」

カルロスは調合台のそばに箱がいくつも並べ置かれているのをちらりと見た後、顔色も良く、なんなら少し楽しそうにも見えるルーリアへと視線を戻し、苦笑いを浮かべる。

「それとこれ。前回の報酬だ。騎士団長から預かってきた」

言いながら、調合台の上に布袋がどすんと置かれ、ルーリアは目を丸くする。袋自体はそれほど大きいものではないが、中身がぎっちり詰まっているのが見てわかるくらい、ぱんぱんに膨らんでいる。

「そ、それは……そうだわ。使わせてしまった魔法石の代金に充ててください！」

ルーリアは金貨袋にまったく手を出そうとせず、生真面目にそんな提案をしてきたため、カルロスは呆れた様子で返す。

「とりあえず預かっておこう。必要な時は言うように……あとそれから……」

そこでおもむろにカルロスが腕を組み、珍しく言いにくそうな様子でルーリアを見つめ返してきた。

「ルーリアに頼みたいことがあるのだが」

「私に頼みたいこと……はい、なんでしょう！」

金貨袋を目にした時よりも表情を明るくして、声まで弾んでいるルーリアに、カルロスは少しだけ苦笑いする。

「半月後に、王妃様がガーデンパーティーを催される予定だ。国内の指折りの貴族を招いてもてなすパーティーで、定期的に開かれているのだけど、それに公爵家当主として俺も呼ばれた。夫婦として共に参加して欲しいのだが」

まさか夫婦としてのお願いだとは思っておらず、ルーリアは緊張の面持ちとなる。

「これまでも何度か招待されていたんだ。でもその度に、騎士団の一員として参加させていただきたいと返事をし続けて、実際そうしてきた。だから今回もそうするつもりだったが、ぜひ夫婦でと王妃様から直々に言われてしまって」

カルロスが難儀だといった様子で前髪をかき上げるのを見つめながら、王妃からお茶会に呼ぶと言われていたのをルーリアは思い出す。きっと王妃の耳にもカルロスとルーリアの結婚の話が届いていて、夫婦での参加を譲らなかったのかもしれないと予想できた。

カルロスの立場を思えば、断るという選択肢はなく、ルーリアは声を強張らせて返事をした。

「……貴族としてのマナーがよくわからず、ご迷惑をかけてしまうかもしれませんが、私で良ければご一緒させてください」

「ありがとう。恩に着る」

「いいえ。いつもカルロス様にはお世話になっていますから、私の方こそ、少しでも恩返しができたら嬉しいので」

「よろしく頼む」

カルロスは小さく息を吐いた後、「金庫にしまっておく」と言いながら金貨袋を掴み取り、踵を返す。

立ち去ろうとするカルロスの背中を見ているうちにルーリアは急に不安を覚え、慌てて話しかけた。

「あのっ、最低限覚えておかないといけないこととかはありますか？　……カルロス様の妻として」

言いながら、思わずルーリアは頬を赤らめた。振り返ったカルロスも妻という言葉に反応し動きを止める。動揺するようにルーリアから顔を逸らすが、すぐに視線を戻し、少しばかりたどたどしく言葉を紡ぐ。

「俺のそばを離れないこと、くらいか。何かあれば手助けする、夫として」

「……は、はい。わかりました」

ルーリアも「夫として」と返されたことに、さらに顔を赤くする。目を合わせては、気恥ずかしさからお互い視線を逸らすのを二、三度繰り返してから、ルーリアは「楽しみにしています」と小さく呟いたのだった。

そして半月後、屋敷の居間で、準備を整え終えた貴族服姿のカルロスが、御者を買って出てくれたレイモンドと話をしていると、そこへエリンに連れられてルーリアがやって来た。

「カルロス様、お待たせしました」

「……あ、いや。そんなに待っていない」

向かい合って早々に謝ると、カルロスからポツポツと言葉が返ってくるが、その間もじっと見つめてくるため、ルーリアはどこかおかしいだろうかと自分の身なりを気にし出す。

ドレスは前にカルロスに買ってもらった薄紫色の、レースがふんだんに使われている可愛らしいものだ。髪もリボンを編み込みながら可憐に結ってもらい、薄くはあるが化粧もちゃんと施している。そしてカルロスからもらった結婚指輪とネックレスも忘れずつけている。

エリンのおかげで、これが自分だとは思えないくらい素敵な見た目になったはずだが、果たしてカルロスの目にはどう映っているだろうか。そんな不安に陥った時、彼の指に輝く結婚指輪に目が留まる。

（カルロス様が指輪をつけているのを見るのは、初めてだわ）

そのことが、自分でも驚くほど嬉しくてたまらなくなり、ルーリアは口元を綻ばせた。

「お花のように可愛らしくて、奥様は注目の的ですね」

「そ、そんなことないです」

「いいえ、すでにカルロス坊ちゃんの心は掴んでおりますよ」

エリンの言葉にルーリアが恐縮気味に否定すると、すかさずエリンの眼差しがカルロスに向けられ、微笑んだルーリアに目を奪われていたカルロスは慌てて顔を背けた。

そして「準備ができたなら行くぞ」とぶっきら棒に呟いて、カルロスは先に居間を出て行く。

苦笑いするレイモンドと共にルーリアも居間を出て、カルロスに続いて屋敷を出た。

用意してあった馬車に向かって進んで行く途中で、玄関先まで見送りに出てきてくれていたエリンが「おふたりとも！」と声を張り上げて呼びかける。

「会場は混雑すると聞いております。もっとぴったり寄り添って歩いてくださいな。ルーリア奥様が迷子になって、また行方がわからなくなってしまったら大変ですからね」

にっこり笑いながらのエリンの言葉にカルロスは一瞬で真顔になり、レイモンドをちらりと見た。エリンの口ぶりから、かつて捜していた少女がルーリアであることが伝わっていると察したからだ。

レイモンドが堪えきれずに笑い出す横で、ルーリアは胸を高鳴らせながらカルロスと共に馬車に乗り込む。

普段忙しい彼とふたりっきりの時間を持てているのだから、何か話をしたいと思ってはみても、話題が思いつかない。その上、彼が難しい顔で何かを考えていることもあり、ひと言も言葉を交わすことなく城に到着する。

馬車を降りた後、「楽しんで行ってらっしゃいませ」とレイモンドに見送られ、ルーリアはカルロスに続いて城の中へと移動する。

（とっても綺麗ね）

まったく余裕がなかった前回と違って、ルーリアは廊下に飾られているステンドグラスや、細かい模様が入った柱などに気を取られながら進んでいく。

しかし途中で、カルロスを見つけた女性たちが一様にはしゃいでいることに気づいてしまうと、それればかりが目についてしまい徐々に視線を下げていく。

女性たちはカルロスに黄色い声を上げた後、必ずルーリアの方を見て、不満そうな顔をするからだ。

「ルーリア」

そっとネックレスの魔法石に触れた時、カルロスが肩越しにルーリアを振り返った。

「……掴まれ」

そう言って、カルロスはルーリアが掴みやすいように、己の腕を動かしてみせた。

「大丈夫です。私、カルロス様のそばを離れませんから、迷子にもなりません」

彼の仕草からすぐにエリンの言葉を思い出し、ルーリアはそう返すが、カルロスはゆるりと首を横に振る。

「迷子にはさせない。俺がルーリアから目を離さないから……気になるんだ、男どもからの視線が」

言われてルーリアは周囲を見回し、女性だけでなく男性までもこちらを見ていることに気がついた。

「男女問わず、カルロス様は人気ですね。わかります。とってもお優しくて、とっても強くて、とっても素敵で、とっても……」

ぽつりぽつりと称賛の言葉を並べるルーリアにカルロスは一瞬動きを止めるが、まだまだ続きそうな予感を覚え、慌てて言葉を遮った。

「ちっ、違う。ちゃんと見てみろ。男どもが見ているのは俺じゃなくてルーリアの方だ」

改めて周りを見渡せば、確かに男性数人としっかり目が合ってしまい、素直な疑問がルーリアの口をつく。

「……どうして私を？」

「可愛らしくて、魅力的だからだろ」

「えええっ!?」

思わず大きな声を上げてしまい、すぐさまルーリアは両手で口を塞ぐと、カルロスがふっと表情を和らげた。

「そんな声も出るんだな」

口を押さえたまま気恥ずかしくて頬を赤らめたルーリアへと、再びカルロスは己の腕を差し出す。

「だから、手を添えて欲しい。ルーリアをじろじろ見る眼差しが妙に腹立たしい。俺の妻だと周りに牽制したいんだ」

「……わっ、わかりました。失礼します」

俺の妻というひと言がくすぐったく、そして嬉しさが心の中で熱となり、じわりと広がっていくのを感じながら、ルーリアは手が届く距離までゆっくりと近づいていく。

視線が近づいたことへの気恥ずかしさを堪えつつ、ルーリアはカルロスの腕をそっと掴んだ。服越しに逞しい腕の感触が伝わってくれば、否が応でも異性として意識してしまい、ルーリアは熱くてたまらない顔を彼に見られないように俯いた。

度々上がる女性たちの黄色い声を聞きながら進んでいくと、やがて外廊下へと出た。緩やかに曲がった通路の先から庭園へと出られるようになっていて、タイルが広範囲に敷き詰められたそこに、たくさんの人の姿があった。楽師が優雅な調べを奏でる中で、グラス片手に談笑したり、踊っていたりとそれぞれに時間を過ごしている様子だ。

その中に、男性たちに囲まれて愛らしい笑みを浮かべているアメリアの姿を見つけ、ルーリアの足が止まりかける。

「大丈夫。不安がることはない。俺がついている」

すかさずカルロスから力強く響いた言葉に、ルーリアは視線を上げて、「はい」と冷静に返事をした。

(……私にはカルロス様がついている。大丈夫)

誰よりも自分のそばにいる存在を心強く感じながら、ルーリアはカルロスと共に庭園の奥にいる王妃だけを見つめて、周りを気にすることなく真っ直ぐ進んでいった。

近くまで行くと、男女の貴族とちょうど話し終えた王妃の目線がカルロスとルーリアを捉え、「まあ！」と嬉しそうに顔を輝かせた。

王妃の元に辿り着くと、ふたり揃って丁寧にお辞儀をした。続けて、カルロスの凛とした声が響く。

「王妃様、お招きくださりありがとうございます」

「カルロス、こちらこそ感謝するわ。ありがとう！ ルーリアにも会えて嬉しいわ。先日よりも顔色が良くて、カルロスに大切にされているようね」

「はい。カルロス様にはとても良くしてもらっています」

笑顔でかけられた王妃からの言葉に、ルーリアは少しだけ口元を綻ばせて答える。すると、王妃はルーリアに近づいて、そっと手を掴み取ると、小声で話を続けた。

「何度もジェナと一緒にお茶会に参加して欲しいと打診したのよ。妹の方は来るのに、あなたは体調が優れないからと姿を見せてくれなくて。ジェナに詳しく聞こうとしても、その度にクロエラ婦人が話に割り込んできて、関係ないことをのらりくらりと話し出すし」

「誘ってくださっていたのに、申し訳ございませんでした」

誘ってくれていたことすら知らないとはさすがに言えず、ルーリアが頭を下げると、王妃は優しく微笑んでゆるりと首を横に振る。

「貴方を責めている訳じゃないの。今のはただの愚痴よ。今回も婦人はいらしているけど、必死になって商売の話を持ちかけるものだから、嫌がる方もぽつぽついて……交流の場となればと思ってパーティーを開いているけれど、度が過ぎるのは問題ね」

王妃の視線を辿るとすぐにクロエラの姿を見つける。彼女は王妃の言葉通り、男性貴族の腕をしっかりと掴んだ状態で、あれこれ熱く話しかけている。

「騎士団から魔法薬の取引停止の話もいっているだろうし、もしかしたら他からも同じように言われているかもしれないな」

「……も、もしかして私、余計なことをしてしまいましたか」

ルーリアが不安と怯えの入り混じった様子を見せると、すかさずカルロスが支えるようにルーリアの肩をしっかりと掴む。

「当然の報いを受けているだけだ。ルーリアは何も間違っていないのだから気にするな。むしろ堂々としていろ」

カルロスはルーリアを真っ直ぐ見つめ、揺るぎなく考えを述べた。するとルーリアは心なしか表情を和らげ、カルロスを見上げて小さく頷く。

そんなふたりの様子に王妃は笑みを深めた。

「カルロスと結婚したと聞いて驚いたけど、同時に安心したわ。今こうしてふたりの姿を見れて良かったとすら思ってる……娘は悲しくて三日ほど部屋から出てこなかったけどね」

カルロスに王女との結婚の話があったことをルーリアは思い出し、気まずさと申し訳なさでいっぱいになりながら体を小さくする。

「カルロスは人脈もあるし、ぜひルーリアもここでたくさんの人と知り合って、どんどん世界を広げると良いわ」

「……はい。ありがとうございます」

「今日はありがとう。今度はお茶会に誘うわね」

ルーリアが王妃に感謝の言葉を述べた後、御前を退くべく、カルロスと共に丁寧にお辞儀をした。

王妃の元を離れると「何か飲むか？」とカルロスに問われ、ルーリアは庭の隅に設置されているテーブルの方へと目を向ける。

「はい、いただけるなら……あっ」

テーブルからその向こうに見える城を何気なく見上げ、思わずルーリアは声を発する。

「どうした？」

「あの大きな窓に見覚えがあるような気がして。もしかして、カルロス様に助けていただいた場所でしょうか」

王妃の誕生日パーティーで、アメリアが母のネックレスを投げ捨てた窓に似ているように思え、少し前のめり気味にルーリアはカルロスに尋ねた。

「助けた……ああ、ルーリアが落ちそうになっていたのはあの窓だ」

「あの窓の下に行きたいのですがよろしいですか？　実はあそこから母のネックレスを落とされてしまって。捜したら見つかるかもしれないし」

「誰に落とされた？」

鋭く問われてルーリアが言い辛そうに黙り込むと、カルロスが肩を竦めた。

「すまない、聞くまでもないな。あの場所にはルーリアの他にもうひとりしかいなかった」

「ルーリアお姉様！」

カルロスの言葉に続いて背後から明るい声が響き、ルーリアはわずかに顔色を変える。

「お姉様がいなくなってから、ずっと寂しかったわ」

振り返ると同時に、アメリアが抱きついてきた。もちろん、これまでほとんど一緒に過ごしていないアメリアに「寂しかった」と言われても信じられず、ルーリアはただただ体を固くする。

「今日はカルロス夫妻がお見えになると聞いていたから、ルーリアに会えるのを楽しみにしていたのよ。この前はごめんなさいね、許してちょうだいね」

そこへクロエラもやって来て、屋敷に押し入ったのもまるで些細なことであるかのようにあっさりと言ってのけると、カルロスとルーリアに笑いかけた。

周りの目には、微笑ましい光景に映っているだろうけれど、実際はアメリアの手がきつくルーリアの腕を掴んでいたり、クロエラの目の奥が笑っていなかったりと、ルーリアはこの状況が怖くて仕方ない。

「カルロスお義兄様との生活はどう？」

アメリアはにっこりと笑って問いかけた後、冷めた顔へと表情を一変させ、声音も落として続ける。

「聞かれても答えられないわよね。結婚式も挙げてないみたいだし、実際は相手にされていないんでしょう？　お父様が無理に話を押し通したって聞いたわ。ディベル伯父様の逆鱗に触れ、お父様はひどい有様だけど、頭を冷やすべきなのは同感よ」

ルーリアは「お父様」と強張った声で呟く。自分のことで精一杯で、逃してくれた両親のことまで気が回らなかった。そうなると母親も辛い目に遭わされていてもおかしくない。

不安で瞳を揺らしたルーリアを、カルロスが気遣うように見つめる。その様子にアメリアは不満そうに顔を顰め、憤りを言葉にして吐き出す。

「厄介者のお姉様を押しつけられて、カルロスお義兄様もお可哀想に。相手が私だったら、どれだけ良かったでしょうね」

ふっと小馬鹿にしたような笑いを挟んだ後、アメリアはルーリアから体を離し、カルロスににっこりと笑いかけ、その腕を掴む。

「私もカルロスお義兄様と仲良くなりたいわ。せっかくだし、一曲踊ってくださらない？」

「良いわね。虹の乙女が義妹であると周りに認知されることは、カルロス公爵の利益に繋がりますし、鼻も高いでしょう」

アメリアにクロエラも同調し、周りの視線を気にしながら囃し立てると、カルロスがアメリアの手を大きく振り払った。

「断る」

「……カ、カルロスお義兄様？」

「俺を気安く呼ぶな。虫唾《むしず》が走る」

カルロスにばっさりと拒絶され、口元を引き攣らせた後、アメリアは目に涙を浮かべて、芝居がかった様子でカルロスを責めた。

「ひ、ひどいです。そんな言い方。私はずっとカルロス様と親しくなりたいと思って……」

言いながら再びアメリアが手を伸ばしてきたため、カルロスはさらりと避けて、ルーリアを自分の元へ引き寄せる。

「俺にも妻にも二度と触れるな」

唖然とし固まってしまったアメリアを庇うように、クロエラが前に出た。

「少し言葉が過ぎるのでは？　アメリアはバスカイル家の宝、虹の乙女です。精霊より祝福を受けたこの子は、ルーリアよりも何倍も価値がある」

「虹の乙女などとご立派に名乗っているくせに、まともに魔法薬も作れないのか？　ルーリアの生成したものと比べると雲泥の差だ。この女よりルーリアの方が優れているし、俺が大切にしたいと思えるのもルーリアだけだ。結婚式も挙げる予定でいる。そっちこそひと言多い、余計なお世話だ」

ルーリアよりも劣ると言われてしまえば、さすがのアメリアも表情を繕えなくなり、不満一杯にカルロスを睨みつける。

その視線を受け、カルロスが半笑いで言葉を返した。

「反論があるならぜひ聞かせてくれ。魔法薬の品質が突然地に落ちたのはどういう理由だ。子供の習作じゃあるまいし、あんな価値のないものを高額で売りつけるなんて、良心を疑う」

「なっ、何をおっしゃいますか。バスカイルの魔法薬は間違いなく一級品です！　我が一族を侮辱するような発言は許しません」

カルロスの発言に周りで様子を窺っていた貴族たちの中に騒めきが生まれる。「そんなものを売りつけようとしていたのか」といった声も聞こえてきて、すぐにクロエラは「違いますよ！」と貴族たちに向かって話しかける。

「ルーリアのお陰でその地位を保てていただけだろう。俺はお前たちがルーリアにしてきた仕打ちもわかっている。恥を知れ」

厳しく言い放ったカルロスに、クロエラは唾を飛ばしながら怒鳴りつけた。

「アズターをそそのかしてルーリアを誘拐し、強引に婚姻を結んだ男が何を偉そうに。今ここでルーリアを返しなさい」

「嫌です、帰りません！　私はカルロス様の妻です。望んでそうなりました。だからこれからもカルロス様のおそばにいます」

ルーリアも我慢できずに言い返し、離れないという意志を表すようにカルロスのジャケットを掴んだ時、ひとりの女性が近づいてきた。

「いったいどうされましまして？　王妃様が見ておりますよ」

割り込んできた女性に指摘されると、アメリアとクロエラは弾かれたように王妃へと顔を向ける。その女性の言葉通り、王妃は厳しい面持ちでこちらを見つめていて、分が悪いと感じたアメリアは悔しそうに唇を噛んだ。そして、ルーリアに向かって「許さないから」と憎しみを込めて呟くと、くるりと踵を返した。

クロエラは女性や周りの人々へと引き攣った笑みを向け、「そうでしたわね。私としたことが失礼しました……でも本当になんでもありませんのよ」と言い訳のように告げると、アメリアを追いかけていく。

騒めきが収まらない中、女性はカルロスとルーリアの前まで進み出て、膝を折って挨拶をした。

「お兄様、ルーリアさん、お久しぶりです」

「カレン、久しぶりだな。お前も招待されていたんだな」

「ええ。お兄様とルーリアさんがいらっしゃるからと、王妃様の計らいで」

カレンがちらりとルーリアへと目を向け、気まずそうに笑みを浮かべたため、すぐにルーリアも「お久しぶりです」と挨拶を返した。

そんな様子に、カルロスが思い出したようにぽつりと呟く。

「そう言えば、先日、言いたい放題だったそうだな」

「そのことに関しては心の底から反省しているわ。ルーリアさん、ごめんなさいね。ずっとお詫びは何が良いか考えているのだけれど、欲しいものはありまして？」

「お詫びだなんて、とんでもない。本当に気になさらないでください。私はなんとも思っていませんから」

「ルーリアさん、とっても優しい方ね。お兄様には勿体ない……それに比べて妹の方には、すっかり騙されてしまったわ」

カレンがちらりと横目で見ると、遠くにまだアメリアとクロエラの姿があり、ふたりともこちらを見ていた。アメリアに関しては、その視線がカルロスに向けられていることもあり、諦めきれないようにも見えて、カレンは呆れた顔をする。

「お兄様、ルーリアさんと踊ったらどう？　さっき、あの子が話しているのをそばで聞いてたんだけど、お兄様と踊りたくて仕方がなかったみたいね」

ダンスと言われて、ルーリアは顔を青くし首を横に振った。

「私、踊れません。ダンスの作法もまったくわからなくて……今日を迎える前に、できる限り覚えておくべきでした。ごめんなさい」

「謝る必要はない。俺も今日は顔だけ出せれば良いと思っていたから、そこまで要求しなかったし」

すぐさまルーリアを庇ったカルロスの様子に、カレンは目を丸くし、そして嬉しそうに頷いた。

「なんだ」

「死神公爵と呼ばれるお兄様にも温かな感情というものがあったのかと、ホッとしているだけです」

うふふと笑って返された言葉に、カルロスは真顔になる。カレンは兄の様子に笑みを深めつつ、提案する。

「でしたらお兄様、私と踊りません？　あの子は私が妹だなんて思ってないでしょうし、同い年くらいの私と踊っているのを見たら、さぞかし悔しく思うでしょうね」

「良い性格だな」

「お兄様の妹ですもの」

カレンはまずルーリアの手を取って確認する。

「一曲の間だけ、お兄様を借りても？」

「はい。もちろんです」

「曲が終わったら、すぐに返しますね」

そこでルーリアの手を離し、カルロスの手を取った。「お兄様と踊るなんて、少し気持ち悪いですね」と呟き、カルロスに「それは俺の台詞だ」とじろりと睨みつけられる。

そんな軽口を叩きながらも、楽師の演奏に合わせて、楽しそうに踊り始めた。

容姿の整ったふたりが息の合った様子で踊る姿は目を引くものがあり、否が応でも人々の注目を集めた。

しかし、ひとりになったルーリアにも男性たちの視線が向いていることを気にしているカルロスを、カレンがしきりに茶化しながら踊っていることは誰も気づいていない。

カレンの予想通りに、アメリアは悔しそうに顔を歪めてクロエラと共に会場からいなくなり、それにルーリアはホッと息をつく。

少しばかり肩の力を抜いて、ルーリアはカルロスとカレンが踊る様子を見つめた。

（……私も、しっかり覚えておけば良かった。いつ求められても大丈夫なように、次は必ず）

ぼんやりと頭の中でカルロスと踊る自分の姿を想像し、ルーリアはハッと目を大きく見開く。

なんだか気恥ずかしくなってしまいそわそわしていると、再びあの大きな窓が目に留まった。

（さすがにこれだけの人目がある中で、茂みに入って捜すわけにはいかないわよね……王妃様にひと言お願いしたら、もしかしたら捜していただけるかもしれない）

もう一度王妃と話せないだろうかと考えたその時、すぐ隣から声をかけられた。

「何か飲み物をお取りしましょうか？」

「いえ。大丈夫です……あ、あなたは確か……」

「覚えてくださっていたのですね。ルイス・ギードリッヒです」

名乗りを受けて、王妃の誕生日パーティーで言葉を交わしたあの男性だと、ルーリアは完全に思い出す。あの時、冷たくあしらってしまったこともあり、改めて気まずさでいっぱいになったルーリアへと、ルイスは不思議そうに問いかけた。

「虹の乙女と何かあったのですか？　公爵様が激怒しているから、アメリアが怖がっているみたいだったけど」

「いえ。なんでもありません」

詳しいことをペラペラと話すつもりはなく、ルーリアはクロエラの真似をしながらゆるりと首を振る。すると、ルイスは「そうですか」と素っ気なく呟いた後、ルーリアの手をそっと掴み取った。

「それにしても悔しいな。俺もあなたに結婚を申し込んだというのに、断りの返事と共にカルロスとの結婚の話も入ってきたから結構傷ついたよ……できれば手に入れたかった。このまま奪い去ったら、あの男はどんな顔をするだろうか」

ルーリアは咄嗟に手を引こうとするが、それを阻止するようにルイスが力を込めた。

「別になんとも思わないか。君たちは恋慕った末の結婚って訳じゃないんだろう？」

容赦なく突きつけられた言葉にルーリアの心がズキリと痛んだ。

（確かにそうだけど、私にとってカルロス様は……）

ルーリアは息を吸い込み、ルイスを真っ直ぐ見つめて、はっきりと告げる。

「私はカルロス様を慕っております。あなたが思うよりもずっと昔から、そして今はより強く。たとえ捕らわれても逃げ出して、カルロス様の元へ絶対に戻ってみせます」

「……だったら鎖で繋いでしまおうか」

ルイスは冷たくそう言い放った後、呆れたように笑った。

彼の口から飛び出した鎖という言葉が、ルーリアの脳裏に黒精霊の姿を思い起こさせる。度々目にしている黒精霊の足からは短い鎖が垂れ下がっていた。

「それは、魔法石ですよね。すごいな」

動揺で瞳を揺らした時、ルイスが驚いた様子でネックレスへと手を伸ばしてきたため、ルーリアは大きく後退る。やはり手を離してくれないことに恐怖を覚えつつ、嫌悪感を一気に膨らませながら、声を震わせ確認した。

「そう言えば、前も私の髪飾りの魔法石に触れましたよね……何かしましたか？」

髪飾りの魔法石は、闇の魔力を感じ取ったカルロスによって壊された。

その問題の髪飾りに触れたのは魔法石に力を込めたディベルと、ルーリアの髪につけた侍女、そして目の前にいるルイスだ。面子を考えると、彼である可能性が高い気がして、ルーリアが身構えると、ルイスがニヤリと笑った。

「さあ。なんのことだろう」

その瞬間、ルイスはルーリアを手荒に引き寄せた。彼の目の奥でゆらりと黒い闇が揺らめいたことに気づいてしまえば、ルーリアの中で息を顰めていた闇の魔力が騒めき出すのを感じ、背筋を震わせる。

手を振り払って逃げ出さなくては大変なことになるとわかるのに、地面に縫いつけられたように足が動かない。心が恐怖で支配されかけたその瞬間、横から伸ばされた手がルイスの手を掴み上げた。

「俺の目の前で、堂々と妻を口説かないでいただきたい。気分が悪い」

カルロスが容赦なく力を込めれば、ルイスは苦痛に顔を歪ませて、ルーリアからやっと手を離した。

「すまない。君へのただの嫉妬だ。許してくれ」

おどけた様子でルイスはカルロスから距離を置こうとするが、今度はカルロスがルイスの手を離さない。

「それだけじゃないだろう。今更隠しても無駄だ。俺の目には闇の魔力が見えている」

カルロスに断言され、ルイスは舌打ちした。そしてぶつぶつと何かを唱えた数秒後、招待客たちから次々と悲鳴が上がり出す。

何体もの黒精霊が人々の頭上に姿を現し、その中に鎖に繋がれた女の黒精霊がいることにカルロスが気づいた。次の瞬間、女の黒精霊以外のすべてが地面へと落下し、人々を襲い始めた。

「カルロス・ジークローヴ。俺に構っていて良いのか？　あっという間に、ここにいる人間たちが穢れ者になるぞ……それともみんな命を落とすことになるか。十年前のあの日のように」

その言葉に、カルロスは瞬時にルイスの胸倉を掴み上げた。

（こいつか！）

自分から大切なものを奪っていった闇の魔術師たちの忌々しい姿を思い出せば、同年代だと感じられた輩の姿が目の前のルイスにしっくりくるほど重なり合い、同一人物だと確信する。

怒りの増幅と共にルイスを締め上げる力も強くなる。しかし、あちこちで絶え間なく悲鳴が上がるため、カルロスは冷静になることを余儀なくされ、それは想定通りなのか、ルイスは余裕ありげな表情を崩さない。

王妃主催のガーデンパーティーのため、騎士団員が何名か警備にあたっている。しかし、彼らだけでは力が及ばず、貴族たちだけでなく、いずれ王妃にも牙が向けられることだろう。

目の前にいる男をみすみす逃したくないという気持ちと葛藤していたが、「助けて！」という声を聞いてしまい、カルロスはルイスから手を離した。

あざ笑うような顔をして逃げ出したルイスを睨みつけた後、「カルロス部隊長！」と近づいてきた部下のケントへと視線を移動させる。

「ケントと俺、それからそこのふたりは応戦を。王妃のそばにいる三人はそのまま王妃を守りつつ、この場を離れろ」

カルロスが迷いなく指示を飛ばすと団員たちから「はい！」と一斉に返事が来る。

「カルロス部隊長、使ってください！」

ケントは二本あるうちの一本を剣帯ごと外してカルロスへと放り投げると、そのまま手元に残った剣を手にし、貴族に襲いかかっている黒精霊へと向かっていく。

しっかりと受け取ったそれを、カルロスが自分の腰に装着した時、ルーリアが震える手で胸元を押さえながら、その場に崩れ落ちた。

「ルーリア！」

すぐさまルーリアに駆け寄るものの、素早く剣を抜いて、向かってきた黒精霊に応戦する。

(闇の魔力が……あの野郎)

ルーリアの中で大人しくしていた闇の魔力が、今にも溢れ出さんばかりに増幅している。ルイスによる働きかけがあったのは明らかで、カルロスは目の前の黒精霊を斬り捨てると、

「ルーリアしっかりしろ！」と声をかけた。

その時、エリオットを先頭に、騎士団員たちが庭園へとなだれ込んでくる。エリオットは
「嫌な気配がすると思ったら」と顔を歪めた後、カルロスとルーリアに気づいて、慌てて駆け

寄ってきた。

「何があったんだ。ルーリアさんは無事か？」

「怪我は負っていませんが、闇の魔術師にやられた。それと、黒精霊はルーリアに反応している。俺は彼女と共にひとまず離れます。後をよろしくお願いします」

カルロスの言葉を受けて、エリオットはぐるりと庭園を見渡す。

近くの黒精霊たちはルーリアに引き寄せられるようにして近づいてきていることや、黒精霊に傷を負わされて穢れ者になりかけている者を数人見つけ、神妙な面持ちになっていく。

そこへケントが近づいてくると、カルロスは思い出したように声をかけて呼び寄せ、「頼みたいことがある」と前置きしてから、ルーリアの父親の状況を説明して聞かせた。それにケントは「わかりました」とすぐさま了承する。

「気をつけろよ」

カルロスは頷き返すと剣を鞘に納め、苦しそうなルーリアを両手で大事そうに抱え上げて、足早に歩き出した。

第六章　ふたりで作る未来へ

ジークローヴ邸の玄関がばたりと勢い良く開き、ルーリアを抱きかかえたカルロスと、レイモンドが慌てた様子で入ってきた。

モップを手に持ってちょうど廊下に出てきたエリンは、その様子に気づくと同時に、大急ぎで歩み寄る。

「お帰りなさいませ……いったいどうなさったのですか？」

「結界を張ってあるから、屋敷の中ならなんとかなるかと思ったが、考えが甘いかもしれない。レイモンド、念のため、このままエリンを連れて裏から出ろ」

「わかりました。騎士団長の元へと向かい、応援を頼みます」

エリンはカルロスの腕の中で苦しそうにしているルーリアを見つめて問いかけるが、カルロスはそれには答えず、レイモンドに指示を飛ばす。

「エリン、説明は後だ。行くぞ。そのモップは武器になるから持っていた方が良い」

レイモンドは戸惑うエリンを促しつつ歩き出すと、ようやくエリンも「わかったわ」と返事をして動き出す。勝手口がある炊事場の方へと進みながら、エリンがルーリアを心配そうに振り返った瞬間、前を歩いていたレイモンドの背中にぶつかる。

「あなたどうしたの？　……くっ、黒精霊！」

行く手を塞ぐかのように目の前に現れた黒精霊に、エリンが悲鳴に近い声を上げる。しかもその一体だけでなく、空間に生まれた歪みから黒精霊が姿を現し始め、エリンとレイモンドはカルロスの元へと舞い戻る。

玄関から外に出るべきかと考え、カルロスがそちらへと目を向ければ、玄関の前にも歪みが生じ、ぞろぞろと黒精霊が屋敷の中に侵入する。

逃げ場所を絶たれたことにカルロスは舌打ちし、追いたてられるようにレイモンドたちと共に居間へと移動する。

黒精霊の目的はやはりルーリアのようで、転びそうになっても目を逸らさない。黒精霊の一体が一気にそばまで近づいてきたため、エリンは持っていたモップを振り回した。

「近づかないで！」

がむしゃらに振り回したそれが黒精霊に当たると、黒精霊の眼差しがルーリアからエリンへと定められ、鋭い鉤爪を振り上げて、エリンに飛びかかった。

「きゃあぁっ！」

すぐさまレイモンドが光の魔力を使って黒精霊を弾き飛ばしたが、エリンの腕は切り裂かれ、血が滲み出しているそこには黒い影がまとわりついていた。

息を荒らげていたルーリアはそれを目にし、「カルロス様、降ろしてください」と話しかけた。床に足がつくと、ルーリアは苦しそうに胸を押さえながら、ふらふらとした足取りで、三人から離れて行こうとしたため、すぐさまカルロスが腕を掴んだ。

「ルーリア、どこに行く！」

その問いかけにルーリアはゆるりと振り返り、カルロスとレイモンド、そしてエリンへと順番に視線を向ける。

「皆さん、逃げてください。逃げて早くエリンさんの手当を。黒精霊は私を見ています。私が目的なのだから、私が囮になれば良い。私が気持ちを保てている間に、どうか早く」

言い終えると同時に、ルーリアはその場に崩れ落ち、苦しそうに歯を食いしばった。すぐさまカルロスはルーリアに寄り添うように片膝をつく。

「こんな状況で、ルーリアをひとり残していけるか！」

強く拒否すると、ルーリアがカルロスへと顔を上げ、厳しい面持ちで覚悟を口にした。

「でしたら、今こそ、約束を果たしてください。遅かれ早かれ、私はもうすぐ穢れ者になるでしょう。だからお願いします」

約束と言われ、カルロスは動きを止める。

『ルーリアが自我を失い闇の魔力を使い、この屋敷の者たちを傷つけるようなことがあれば、俺はお前を闇の者とみなし、責任を持ってその命を終わらせてやる』

かつて自分が投げつけた言葉に、胸が一気に苦しくなる。その判断をすべきなのかもしれない。しかし、「わかった」という言葉をカルロスはどうしても言い出せなかった。

迷うカルロスの背中を押すように、ルーリアはカルロスの手を優しく掴み取ると、剣の柄へとそっと押しつけた。

「あなたは私を助けたのです。そこにカルロス様が背負う罪などありません。カルロス様の妻となれて、私はとっても幸せでした。あなたのこれからの未来が温かさに満ちていることを願っています」

にこりと笑いかけてきたルーリアにカルロスは息をのむ。そしてゆっくり立ち上がり、剣を引き抜いた。

思わずエリンが「カルロス様！」と声を上げると同時に、ルーリアも立ち上がりカルロスと向かい合う。カルロスは冷静な面持ちのまま、ルーリアは覚悟を決めたような顔で互いを見つめ、そして鋭い剣先がルーリアへと向けられた。

ルーリアは最後にもう一度微笑みかけ、すべてを受け入れるようにそっと目を瞑った。

次の瞬間、カルロスが手の力を抜き、床に剣を落とした音が大きく響いた。驚いてルーリアが目を開けた時にはもう、カルロスはルーリアを抱き締めていた。

「たとえ間違った選択だったとしても、俺はルーリアを殺したくない。あなたとの未来を心から望んでいる」

腕の中で息をのんだルーリアを包み込むように、カルロスは抱き締める力をわずかに強くした。

「ルーリアを誰よりも大切に想っている。初めて会ったあの時からずっと。愛している」

「カルロス様……私も……私も、カルロス様を、ずっと」

ルーリアも堪えきれないままに自分の想いを伝えようとするが、嗚咽が交じりうまく言葉が紡げない。それでもルーリアの必死さはカルロスにはしっかり伝わっていて、抱き締める手にまた力がこもる。

涙をこぼしながら弱々しい力で抱きついてきたルーリアの頭部にカルロスは口付けを落とした。

カルロスはルーリアを抱き締めながら、黒精霊たちを鋭く見つめる。その眼差しは大切な者を絶対に守り抜いてみせるという強い決意に満ちていて、黒精霊たちは気迫に押されるようにじりっと後退りする。

やがて、カルロスはゆっくりとルーリアから体を離し、落とした剣を掴み取ると、彼女を背で庇うようにして剣を構えた。

「ふたりは隙をついてどうにか逃げてくれ。俺は耐久戦だ」

どんどん溢れ出てくる黒精霊に対してカルロスが不敵に笑ったその時、にじり寄って来ていた黒精霊たちの動きが一斉に止まった。

《カルロス、待たせたな！　……って、なんだこの数は！》

カルロスの目の前でふわりと時空の歪みが生じ、そこから姿を現したセレットが驚きの声を上げ、続けて現れた男と女の二体の精霊も黒精霊たちを見て顔を歪めた。

腰ほどまで緩やかに波打った薄紫色の髪を持つ女性の精霊がすっと前に出て、胸の前で手を組むと、女の精霊を中心に光の魔力が温かな波紋となって広がっていった。

力の波に包み込まれた黒精霊たちにふたつの変化が起きた。闇の力が弱まった者は慌ててその場から姿を消し、そしてもう一方は、闇の魔力が完全に消し去られたことで、きょとんとした顔でその場に立ち尽くしている。

「黒精霊が、普通の精霊へと……戻ったのか？」

《その通りです。黒精霊は、精霊の成れの果ての姿ですから。ヴァイオレット様のご加護により、穢れは消え去ったのです》

銀色の長髪の男性精霊はカルロスにそう話して聞かせつつ、女性の精霊、ヴァイオレットを誇らしげに見つめた。

《ちょうど良いタイミングでしたね》

そしてヴァイオレットもカルロスへ笑いかけてから、ルーリアへ視線を移動させた。同時に、ルーリアが警戒するように体を強張らせたのをカルロスは感じ取る。

（無理もない。俺も少し驚いたし……この女性精霊、似すぎだ）

窮地を救ってくれた女性の精霊は、これまで何度かカルロスやルーリアの前に姿を現している、足から鎖をぶら下げたあの黒精霊に似ているのだ。

（この二体はいったいなんなんだ）

それを探るようにカルロスがセレットへちらりと目を向けた時、ヴァイオレットがルーリアに話しかけた。

《初めまして、ルーリア》

「……なっ、なぜ私の名前を知っているのですか？」

ヴァイオレットはルーリアににっこり微笑んだまま床へと降り、そのままぱたりと倒れた。

ヴァイオレットのおかげで闇の力を押さえられたルーリアは、ようやく落ち着きを取り戻す。

ひとまずカルロスにヴァイオレットを任せて、ルーリアはレイモンドと共に調合室でエリンの怪我の治療にあたる。

「エリンさん、ごめんなさい」

「奥様は何も悪くありませんよ。お気になさらないでください」

幸いにもエリンにまとわりついていた黒い影も、ヴァイオレットによって浄化されていたため軽傷で済んだ。

「小さなお客様もいらっしゃいますし、掃除道具を色々出しっぱなしにしたままなので、片付けてきますね。そうだわ、お茶もお出ししなくちゃ！」

エリンは腕に包帯を巻いた状態ではあるが、もうすでに完治したかのように、いつも通りテキパキと動き出した。

ルーリアはレイモンドにも謝りながら、カルロスたちがいるだろう居間へと戻っていくと、途中で女性の楽しげな笑い声が聞こえてくる。

そっと居間を覗き込むと、ソファーに置かれたブランケットの上にいるヴァイオレットと目が合って、《ルーリア、こっちこっち》と笑顔で手招きされる。

「無理をされないで……まだ横になっていてください」

にこにこ笑っていても、顔色が優れないようにルーリアには見え、思わずそう声をかけると、銀髪の精霊がすぐさま同意する。

《ほらみろ、ルーリアさんだってそう言うんだ。大人しく寝ていろ》

《嫌よ。せっかく来たのだし、色々見たいし、喋りたいじゃない。寝てるなんてもったいないわ》

《そんなことを言って。無理しないという約束を忘れたのか。お前に倒れられるとこっちも大変なんだぞ》

若い精霊ふたりのやり取りに耳を傾けながら、ルーリアはカルロスの隣まで進み行く。先ほど愛の告白をしてしまったからか、少し気恥ずかしそうな眼差しを向けてきたカルロスへと、ルーリアは小さく微笑みかけた。

《とりあえずこの状態なら良いでしょう？　私は大事な話をしに来たのだから》
ヴァイオレットは頬を膨らませると、ソファーの背もたれに寄りかかり、ブランケットにくるまって顔だけ出すような状態となる。
《まずは自己紹介からしましょうか。私はヴァイオレット。そしてこちらは私の付き人のステイク》
《ヴァイオレット様は、精霊界の王の姫君様だ》
ヴァイオレットの説明だけでは足りないと感じたステイクがすぐさま補足し、カルロスとルーリアはヴァイオレットに対して首を垂れた。
《そしてなぜ私がルーリアの名前を知っていたか。それは、私が最初にルーリアに祝福を授けているからよ》
「私に祝福を授けてくださったというのは、あなただったのですね」
驚いて目を丸くしたルーリアに、ヴァイオレットはにこりと笑い返すと、記憶を掘り起こすように宙を見つめた。
《ルーリアがジェナのお腹の中にいる時よ。あの頃、私は人間の生活の様子を眺めるのが好きで、この町によく遊びに来ていたの。勝手に行くものだから周りには怒られたけど、楽しくてやめられなかったわ》
そこですかさず《お転婆姫として名を馳せておりましたから》とステイクが付け加えてきた

ため、それまで黙って聞いていたセレットが思わず吹き出す。ヴァイオレットは冷ややかにステイクを見つつも、何も聞こえなかったかのように続ける。

《そこで偶然ジェナを見かけて、お腹に宿った魂が強い魔力を秘めているのを感じたの。その子なら、私の力を分け与えられるって直感したから、まだ生まれてもいなかったけれど祝福を授けたの。その時、すでに決めているからと名前も教えてもらったわ》

カルロスは「すみません、いいですか？」と断りを入れつつ、疑問をぶつける。

「ルーリアの妹も、精霊から祝福を受けたとされていますが、それもあなたが？」

《いいえ違うわ。私はルーリアの魔力に希望を見出し、託しただけで、その家族や一族に恩義があるわけじゃないもの……ステイクは何か知っている？》

《ええ把握しております。バスカイル家ととある精霊一族との間に昔、深い絆が結ばれ、それ以来、数十年に一度祝福を授けてきたようなのですが、ここ最近は関係も薄れ、精霊側も代替わりをし、新しい当主はこれで最後だとして祝福を贈ったと聞いています》

ヴァイオレットからステイクへと会話の主導権が移り、返された事実に、カルロスはわずかに首を傾げる。

「我々人間は、祝福を授かることで、高い能力を得ることができると認識しています。それで合っていますか？」

《はい。大体はその認識で合っています》

「こう言ってはなんだが、妹の魔法薬より、彼女の作ったものの方が明らかに優れていた。黒精霊から祝福を受けたというのは嘘ではないかと疑ってしまうほどに」

そこでステイクはおかしそうに笑いを挟んで、淡々と見解を述べた。

《どの程度の祝福を授けるかは精霊側の気持ち次第でどうとでもなります。新当主は今のバスカイル家を良く思ってなく、軽く済ませたのでは？　祝福を授けるという行為は自分の命を糧に行うものですから、相手に価値を感じられなければそうなります》

そこで、エリンが大小様々なカップとティーポット、そして焼き菓子をワゴンに載せてやって来た。エリンがカップに紅茶を注ぐ音に耳を傾けながら、ステイクは続きを話し出す。

《精霊は四、五百年は生きるため、人間と比べれば長寿でありますが、だからと言って、簡単に命を差し出せるはずがありません。ほとんどの精霊は祝福など行いませんが、気に入れば別だ。秀でた能力を持つ人間は必ず祝福を受けていますよ。カルロス君も例外じゃない》

「俺も？　……まさかセレットが？　聞いていないぞ。いったいいつ」

ステイクがちらりとセレットを見たのに気づいて、カルロスは驚きを重ね、誤魔化しを許さないかのように、じっとセレットを見つめる。セレットは小さく息を吐いてから、疑問に答えた。

《カルロスが三歳の時だ。父親に引き続き、同様の力を授けることにした。お前は教えなくてもすぐに魔力を見切り、それを断つことまでできるようになった。とてつもない強者となるだ

ろうと父親と笑っていたら……あんなことになってしまった》
「……そうだったのか。今の俺があるのもセレットのおかげだ。ありがとう」
カルロスはしばし言葉を失った後、セレットに感謝の気持ちを伝えるように頭を下げた。その姿にステイクは満足そうに微笑んで、自慢げに補足する。
《セレット様は私が心の底から尊敬している方です。名誉騎士の称号を得ているだけでなく、魔力の核を斬ることで、相手が魔法を使えなくなる特殊能力をお持ちのため、精霊の世界では最上級の位に名前を連ねていらっしゃいます》
続けて、セレットは恭しくヴァイオレットへと手を差し向けた。
《そして、ヴァイオレット様もまた最上級の位を授かっていらっしゃいます》
「ということは、あなたも何か特殊能力を持っているということですね？」
《ええ。先ほどお見せした通り、私には闇の魔力を祓ったり、弱めたりする力があるの。私が黒精霊になってしまった精霊たちを救うように、ルーリアにも闇の魔力に蝕まれた者たちを救う存在になってもらうはずだった》
カルロスから確認するように問いかけられて、ヴァイオレットは自らの能力を説明した後、申し訳なさそうにルーリアを見た。
「危機感を覚えた闇の魔術師や黒精霊が、対抗措置としてルーリアに祝福を授けたということか」

《黒精霊はただ良いように利用されているだけ。悪いのは闇の魔力を操る人間の方よ》
カルロスが憶測を述べると、ヴァイオレットがムキになって発言する。カルロスは少しばかり呆気に取られつつも、「どういうことですか？」と問いかけた。
《多くの精霊は闇の力で堕とされて、闇の魔術師どもの手下として動かされている。そして、我々の祝福の力を逆手にとり、精霊の命を削り取って利用することで魔力を強めている》
不意に、ルイスが〝鎖〟と発言したことを思い出し、ルーリアは声を震わせながら確認する。
「もしかして……鎖に繋がれた女性の精霊がそういった扱いを受けているということなのでしょうか。その精霊はあなたによく似た姿をしていました」
何かが繋がりそうな予感を覚えながら、ルーリアとカルロスが注目した先で、ヴァイオレットがとても悲しそうに笑った。
《見たのね。似ているなら間違いないわ。私があなたに祝福を授けたすぐ後に、一緒にいた双子の姉のエメラルドが奴らに捕まってしまったの。目立たないようにしていたけど、私たちふたりでこの町によく来ているのを奴らは知っていて、狙われたのよ》
ヴァイオレットが顔を伏せると、セレットがそっと歩み寄り、ヴァイオレットを励ますように肩に手を乗せた。
《あいつらに連れて行かれた後、エメラルドは黒精霊となり、ルーリアが生まれると同時に祝福を授けるように仕向けられたと見て間違いないわ。そこにエメラルドの意思はない。ルーリ

アが力を発揮するようならいつでも殺せるようにってね。すべて人間側の思惑の下に動かされたのよ》

自分には闇の素質があるのだと思い、それを恥とすら思っていたルーリアは、ヴァイオレットの見解に言葉を失う。

「あなた方からの祝福を破棄することはできますか。俺はルーリアの中に植えつけられた闇の魔力を取り除きたい」

《……できます。祝福を授けたその倍の寿命を削ることになりますが、授けた精霊本人なら可能です。あとは、その精霊の命が消えれば自然と祝福の効果はなくなります》

挑むように発した質問に、ステイクから硬い声音で返答を聞き、カルロスは不敵に笑ってみせた。

「なるほど。だったらまずは、あなたの姉君をギードリッヒから奪い取ろう」

力強く感じられる宣言に、ヴァイオレットは感激したように目を潤ませ、セレットの手を掴んだ。ステイクも嬉しそうに口元を綻ばせる。

《ぜひそうしていただけると助かります。双子の魂の核は繋がっております。エメラルド様の魔力が酷使されることで、ヴァイオレット様も影響を受け、思うように力を使えない状態が続いております。最近は少し無理をすると倒れるほどです》

「確かに最近、闇の力を持つ者たちの動きが目立っているからな。ここで良ければ、菓子でも食べて休んでいってくれ。他に必要なものがあれば、エリンに言ってくれ」

　エリンがヴァイオレットとステイクににこりと笑いかける一方で、カルロスは頭の中で作戦でも立てているかのように顎に手を添えて考え込む。

　そしてルーリアは、先ほどのステイクの説明で、ヴァイオレットが黒精霊を一掃した後、倒れてしまったのを思い出し、心を痛めた。

「大変な中、こうして会いに来てくださり、ありがとうございます。おかげで助かりました」

　ルーリアは感謝の気持ちを伝えようと、ヴァイオレットに頭を下げると、ヴァイオレットはハッとしたような顔をし、苦しげに顔を歪めた。

《姉が攫《さら》われてしまったのは、町に行きたいからって姉を付き合わせていた私の責任。私の場合、祝福も勝手にしてはいけない決まりになっていた。それを破ってしまったから、私はあなたのことを言えなかったの》

　ヴァイオレットは身を包んでいたブランケットから出ると、ルーリアへ真剣に、それでいて苦しそうな面持ちで向き合った。

《しばらくして、唯一、打ち明けることができたのがセレットだった。セレットだけは諦めずに姉を助け出そうとしてくれているから。でも罰を恐れず、ちゃんと言うべきだったのよ。そうすればあなたのこれまでの状況も変わっていたはずだわ。本当にごめんなさい》

「謝らないでください。ヴァイオレット様が悪いわけじゃありません。悪いのは……」

頭を下げて謝罪するヴァイオレットにルーリアは慌てて首を横に振る。そして頭に浮かんできた伯父夫婦とアメリアの顔もかき消してから、ぽつりぽつりと語り出す。

「あの過去があるから、私は今、カルロス様と共にいられるのです。とっても幸せです」

ルーリアはその場にいるみんなに幸せを分け与えるように微笑みかけ、最後に穏やかにカルロスを見つめる。精霊たちもつられるように微笑みを浮かべ、レイモンドとエリンはわずかに目に涙を滲ませる。そしてカルロスは目を瞠った後、そっとルーリアを引き寄せ、額に口付けた。

驚いて顔を赤らめたルーリアを見て、我に返ったカルロスが気恥ずかしそうに顔を逸らしたところで、ばたんと玄関の扉が開けられる音がして、足音を響かせながら騎士団員たちが居間に飛び込んできた。

「カルロス、大丈夫か！　黒精霊は……って、どうなっている」

先頭にいたエリオットが平和な様子にポカンとすると、カルロスは胸に手を当てて、時は来たとばかりにヴァイオレットに騎士団流の敬礼をする。

「ちょうど心強い仲間が来ました。すぐに動き出します」

「お願いします」

それに返礼するように、ヴァイオレットとステイクも揃って丁寧な挨拶をした。

着慣れた騎士団の制服に着替えたカルロスは愛馬にまたがり、エリオットや騎士団員たちと共にアーシアンの町を疾走する。

そして、馬を走らせながら庭園や屋敷でのことをエリオットに話し、ルイス・ギードリッヒを始めとするその一族が闇の魔力に通じている可能性が高いとし捕縛を求めた。そして、捕らえられているエメラルドの奪還ももちろん希望する。

「なんとなく理解できたが、ルーリアさんを連れてきて良かったのか？　昼間のようなことがあれば、また危険に晒すことになるぞ」

ひと通り話し終えたところで、エリオットはカルロスの後ろにいる、同じく動きやすい簡素なドレスに着替えたルーリアへと目を向けた。

「……彼女をひとりにしたくない」

言いづらそうにも、不貞腐れて言っているようにも聞こえるカルロスの呟きに、エリオットは目を大きく見開き、口元がニヤつきそうになるのを堪えた。

「そ、そうか。悪かったごめん」

「ニヤニヤしないでくれますか」

自分に後ろからしがみつく体勢のルーリアが少し動揺しているのが伝わってきて、カルロスはエリオットをじろりと睨みつけ軽く抗議をしてから、そこから抜け出すべく馬の腹を軽く蹴った。

そのまま馬を走らせていくと、中央に噴水のある広場で応援に駆けつけてくれた騎士団員たちと合流する。エリオットは十人近くまで膨れ上がった団員たちを見回し、力強く頷く。

「ありがとう。お前たちには後方からの支援をお願いする」

エリオットから命令を受け、団員たちは「はい！」と返事をした。

ルイス・ギードリッヒが家族と暮らしている屋敷に向かって一行は進み、屋敷を取り囲む塀が見えたところで馬を止め、カルロスやエリオットを始めとする突入組は馬を降りた。

「どうやって中に入る？」

ルーリアが馬から降りるのを手伝いながら、カルロスはエリオットの問いかけに答えた。

「面倒です。そのまま玄関から正面突破しましょう」

本気かと疑うようにエリオットが顔を歪める一方で、ルーリアは「はい！」と真剣な様子で返事をする。カルロスは緊張感が抜けたように微笑んで、そっとルーリアの頭に手を乗せる。

「俺の見えるところにいろ」

「頑張ります」

ルーリアへ向けていた穏やかな眼差しから一変して、カルロスはニヤニヤしているエリオットを冷めた目でじろりと見ると、「さっさと行きますよ」と声をかけた。

ふたりの騎士団員が勢い良く門を開け放つと、躊躇うことなくカルロスたちは敷地の中へと足を踏み入れ、扉を蹴り飛ばし屋敷の中へと突入する。

気配を探るように玄関ホールを進んでいくが、何ひとつ察知できない。カルロスはエリオットと顔を見合わせた後、近くの扉からどんどん開けて中を確認し始めた。

事前情報では、ギードリッヒ家は祖父母に父母、ルイスとその兄の六人家族。侍女は十五人ほどいるとされていた。しかし、一階と二階の部屋も、居間も炊事場も、風呂場に物置まですべて確認したが、そのどこにも誰ひとり見つけられなかった。

廊下で落ち合ったカルロスとエリオットは、揃って渋い顔をする。

「逃げられた……しかも、慌てて出て行ったという感じですね」

テーブルには飲みかけの紅茶や、読みかけの新聞が置かれてあり、炊事場には洗い物の途中で放置された皿があったのを思い返しながら、カルロスがため息混じりにそう結論づける。

「城から真っ直ぐ屋敷に戻り、みんなで慌てて屋敷を出たんだな。絶対に逃してなるものか。国境警備隊にすぐに伝達を」

エリオットの指示を受け、近くにいた団員が「了解しました」とすぐに身を翻した。カルロスは開いている扉の向こうへと目を向け、ゆっくりと歩き出す。ルーリアはもちろんのこと、エリオットもつられるように共に歩き出した。

一階の奥に位置するその部屋は家族の誰かの部屋のようで、ベッドや机、絨毯《じゅうたん》などどれも高級品であるのが見て取れた。カルロスは躊躇うことなく、棚の引き出しを開け始め、そこに大きな宝石のついた指輪などが入っているのを確認する。

「まだ近くにいるかもしれない。ガーデンパーティーで一悶着があったから、俺たちが来ると踏んですぐに屋敷を出てはいるが、金目のものはそのままだ。どこに逃げるにしろ金は必要だ。俺たちが引いた後、屋敷に戻ってくる可能性が高い」

「そうだな。どこかに隠れて、こっちの様子を窺っているかもしれない。どうにかして、引っ張り出せないものか」

　カルロスの考えに同意しつつ、エリオットは窓の向こうへと警戒の目を向ける。黙ってふたりの話を聞いていたルーリアだったが、思い切るように「あの」と声を発し、一歩前に出た。

「私が囮になれば、引っかかるかもしれません。それに闇の魔力をあえて発動させれば、エメラルドさんだって出てくるかもしれないし」

「危ない。反対だ！」

「……でも、やってみる価値はある」

　即座にカルロスは反対の意を示すが、エリオットは少し考えた後、ルーリアを後押しする。

　ルーリアも息を吸い込んでから、緊張気味に自分の思いをカルロスに訴えかけた。

「カルロス様やヴァイオレット様……それだけじゃない。セレットさんだって、私の両親だってそう。たくさんの人々を悲しませてきた彼らを、私も許せません。ここで食い止めたいのです。これ以上悲劇を生み出さないためにも」

　真剣なルーリアの面持ちと言葉に、カルロスは息をのむ。そして苦い顔をしつつ前髪を乱雑にかき上げた後、自分も覚悟を決めたように返事をする。

「わかった。ルーリア、やってみよう」

カルロスからも認めてもらえて、ルーリアは屋敷に入る時よりも顔を強張らせながら「頑張ります」と声を張り上げた。

屋敷から引き上げる途中でエリオットはカルロスのそばに近づき、こそっと囁きかける。

「すごいな、彼女。一気に見違えた」

「当然です。俺の嫁ですから」

カルロスは得意げに微笑んでみせた。


黒精霊をおびき出す場所をカルロスの屋敷の庭に決めて、一同は移動することになった。

自分で言い出したことではあるが、これから大役を果たさなければならないと思うと、ルーリアは緊張を募らせ、カルロスにしがみつく手にも力がこもる。

馬を走らせ、噴水のある広場を通り抜けようとしたその瞬間、じゃらりと鎖の音を耳にしたような気がして、思わず声をかけた。

「カルロス様、ちょっとだけ止まっていただけますか?」

「どうした?」

「鎖の音が聞こえたように思えたのですが……勘違いみたいです。ごめんなさい」

求めに応じてカルロスが馬を制したが、広場を見渡しても、あの黒精霊の姿は見つけられない。

続いて、エリオットや他の騎士団員たちもその場で止まったため、ルーリアは申し訳なく思いながら謝罪する。

「……いや、お手柄かもしれない。闇の魔力をうっすら感じる」

カルロスは表情を厳しくして、辺りを窺っている。それはエリオットも同様で、ルーリアの中にまた違った緊張感が顔を出す。

「なんだって！　少しも痛みが改善してないっていうのに、そんなに金を取るのか！」

「私は虹の乙女よ。妥当な金額です」

噴水の近くから年配の男性の怒った声と、聞き覚えのある声が聞こえてきて、思わずルーリアはびくりと体を震わせる。

「アメリア」

自らのことを〝虹の乙女〟と言うのはもちろんアメリアで、その後ろにはクロエラとディベルの姿もある。少し腰が曲がった男性の言葉から、アメリアが治癒行為を行い、高い金額を要求したのだと容易に想像がついた。

ルーリアと庭仕事を行っていた老婆が男性に近づいて、声をかけた。

「この子には関わらん方が良い。ジークローヴ公爵の若奥様を訪ねてみると良いよ。誰かと違って効果は抜群で、尚且つ謙虚でお優しい方だ」

「ちょっと待ちなさいよ。あなた今、私がルーリアより劣っているかのように言ったわね！」

アメリアは老婆に掴みかかり、そのまま苛立ちをぶつけるように突き飛ばした。老婆はよろけて倒れた瞬間、足首を痛めたらしく顔を歪めたが、それでもアメリアを見上げて、はっきりと言い切った。

「虹の乙女という称号は、あの子の方が似合ってる！」

アメリアは怒りに唇を震わせた後、老婆に掴みかかっていく。周囲から悲鳴が上がり騒然となるが、ディベルとクロエラは老婆の方が悪く叩かれて当然といった顔をし、アメリアを止めることなくただ眺めている。

老婆は抵抗するが力が弱く、アメリアに良いようにやられている。足首の痛みもあってか、逃げるどころか立つこともできない老婆をルーリアは見ていられなくなり、馬を降りて走り出す。

「やめて、アメリア！」

ルーリアがアメリアの腕を両手で掴むと、その声に反応するようにアメリアがルーリアへと振り返る。

「ルーリアお姉様」

アメリアは老婆から手を離すと立ち上がり、怒りを煮えたぎらせたような目でルーリアを睨みつける。

「全部お姉様のせいよ！」

そして、怒鳴りつけながら力いっぱいルーリアを後ろへと突き飛ばす。ルーリアは倒れそうになるが、素早く横からカルロスが手を伸ばし、しっかりと体を支えた。

アメリアはカルロスを見て、一気に目に涙を溜めて訴えかける。

「カルロス様、聞いてください！　この方たち、私にひどいことを言って侮辱してくるんです」

腕にすがりつこうとアメリアがカルロスに近づくが、カルロスは触られないように身を引き、冷めた眼差しを向ける。

アメリアはそれ以上近づくことはせず、悔しそうに唇を噛んだ。

その様子をクロエラも不機嫌な面持ちで見つめていたが、ディベルはにっこりと嘘くさい笑顔を浮かべて、カルロスとルーリアへ近づいていく。

「久しぶりではないか、ルーリア。カルロス君も一緒だな。新婚のふたりだ。仲が良くてよろしい」

ディベルは周りに聞こえるように大きな声でそんなことを言う。

「……伯父様、お父様とお母様は元気にされていますか？」

ルーリアは勇気を振り絞って両親のことを尋ねるが、ディベルはちらりと一瞥を送っただけで、それには何も答えなかった。その一方で、アメリアがしたことを忘れたかのように、座り込んでいる老婆に笑いかけた。

「あなたが先ほど言ったのはこの子のことではないかね。嫁に行ったが、ルーリアは我がバスカイル家の大切な一員であることに変わりない。ジークローヴ家と繋がったこのご縁も大事にしなければな」

　笑い声まで付け加えてから、ディベルはカルロスのすぐそばまで歩み寄り、今度は内緒話でもするかのように小声で話しかけた。

「今からジークローヴ邸へ行こうと思っていたところだ」

「何か用か？」

「ルーリアが生成した魔法薬で稼いでいるだろ？　少しばかり援助してもらおうと思って」

　一気にカルロスが表情を険しくするが、ディベルは構うことなく続ける。

「騎士団に売り込んだのは君なんだろう？　おかげでこっちは商売が上がったりだ……元々はバスカイル家で培ってきた技で稼いでいるのだから、俺にも要求する権利はあるはずだ」

　そこでまた一段と声を低くし、ディベルは口元に笑みすら浮かべる。

「ルーリア自身のことは本人からすでに聞いているのだろう？　それでも公表せず、我がバスカイル家の名誉を傷つけなかったことには感謝している。ルーリアがいまだ闇の力にのまれていないのはさすがとしか言いようがない」

　ディベルは称賛するようにカルロスの肩をポンポンと叩いた後、ゆっくりと歩き出す。

「援助と、そうだな、ルーリアの生成したものをこちらにも流してもらおうか。それで、勝手に連れ出して婚姻までしたことには目をつぶるとしよう」

ふたりの真後ろで足を止めた後、ディベルは冷たく言い放った。

「穢れ者となってしまった時は、後始末をよろしく頼むよ。その後、新しい嫁が欲しいなら、アメリアでもなんでも差し出そう」

ルーリアは思わずカルロスの腕をぎゅっと掴んだ。

（これまでたくさんのものをアメリアに奪われてきたけど、カルロス様だけは渡したくない）

穢れ者となるくらいならカルロスの手で楽にしてもらいたいと強く望むほど、共に生きていく道を模索してくれているカルロスだけはどうしても失いたくないのだ。

心をちくちくと刺す嫉妬の痛みに顔を俯かせた時、カルロスの温かな手がルーリアの手に重なる。顔を上げれば、力強く笑いかけられ、ルーリアも自然と表情が和らいでいく。

カルロスは踵を返し、ディベルへと顔を向け、ルーリアに触れていた手を剣の柄へと移動させる。

「笑わせるな。お前らと縁などというもので繋がっているなら、今この場で断ち切ってやる。俺もルーリアも、お前らに何かしてやる義理はない」

はっきりとカルロスから拒否され、ディベルはわずかに顔色を変えて言い返す。

「ル、ルーリアを育ててやったんだ。お前たちには俺らに恩があるだろう？」

「……でも、私の生成したものに価値などないのではなかったのですか？　虹の乙女であるアメリアの足元にも及ばないと。アメリアが作った方が価値があるはず」

ディベル、そしてクロエラに向けて、ルーリアはこれまでずっと言われ続けてきた言葉を返した。

特に毎日のようにルーリアを貶めていたクロエラはほんの一瞬怯むが、すぐに愛想良く笑いかける。

「嫌だわ。本気にしていたの？　冗談に決まっているじゃない。アメリアにも作ってもらっているけれど、ルーリアのようにいかないのよ。だからこれまでと同じ量を……いえ、もう少し少なくても良いけど、私たちのために生成をお願いするわね」

笑顔のクロエラを、アメリアは唖然とした顔で見つめる。そしてルーリアも、これまで我慢してきた辛さが一気に蘇り、悔しさとなって心の中で膨らんでいく。

（私もこの場で、過去を断ち切りたい……！）

その思いに突き動かされるように、ルーリアはカルロスへと顔を向ける。すると、カルロスはその表情からルーリアの気持ちを感じ取り、力強く頷き返す。

短いやり取りではあったが、たったそれだけでルーリアはしっかりとカルロスに背中を押してもらい、過去の自分と決別すべく、ディベルとクロエラに決意を告げる。

「もう命令には従いません。隠すこともうやめます」

そこでルーリアは息を吸い込み、大きな声で町の人々へと話しかけた。

「皆さん、聞いてください。私はバスカイル家の出身です……そして生まれた時、黒精霊から祝福を授かりました」

「おい！　待て、ルーリア！」

「私の中には闇の魔力が根付いています。光の魔力と闇の魔力、両方を有しています。そんな私が生成した魔法薬でも、これからも使っていただけますか？」

闇の魔力は有しているだけで忌み嫌われる。そのため、ルーリアに問いかけられた老婆は表情を強張らせ、周囲からも騒めきが生じる。

「これまでバスカイル家が売ってきた魔法薬には、私が作ったものがたくさんあります。皆さん、黙っていてごめんなさい」

ルーリアが頭を下げると、人々から怒りの声が飛び交い始めた。

「お前たちはそんなものを売りつけていたのか！」

「嫌だわ。高かったから使えなくて取っておいてあるバスカイルの魔法薬があるのに。使って穢れ者にでもなったら嫌だから返品したい！」

慌ててディベルが場を取りなそうとし、クロエラも引き攣った笑みを浮かべて、周囲に話しかける。

「そんなことには決してなりませんので、安心してお使いください」

「この娘が言っていることはデタラメです。耳を傾けないでください」

しかし、すぐに別の場所からも厳しい声がどんどん上がり始め、止められない。

「いや、事実だ！　俺はさっきガーデンパーティーに参加していたが、その女が闇の魔力で黒精霊をたくさん呼び寄せたようにしか見えなかった！」

「闇の魔力を使える人間が作ったものなんて信用できるわけないじゃない！」

「返品できるなら俺もぜひそうさせてもらいたい。最近買ってみたが、効果が薄かった。あんなもの、高い金を払ってまで買う価値はない」

最後の発言は自分を否定するもので、アメリアは拳を握り締め、怒りで震え出す。

馬から降りて、遠巻きにその様子を見物していたエリオットが笑いを堪えながら感想を述べた。

「これで、バスカイル家の評判は地に落ちたな」

これまで必死に隠していた恥が、ルーリアの告白により瞬く間に広がっていく。そしてバスカイル家の地位の失墜を肌で感じて、ディベルは怒りで顔を赤くする。

「ルーリア、貴様！」

ディベルはルーリアの胸ぐらを掴み上げ、拳を振り上げる。反射的にルーリアは体を強張らせるが、振り上げられた手はしっかりと掴み取られた。

「良い度胸だな。俺の目の前で、俺の妻に暴力をふるおうとするなんて」

　カルロスが声に怒りを滲ませて睨みつけると、ディベルは顔色をなくし、すぐさま後退りする。

　そのままカルロスに抱き寄せられたルーリアは、力強い腕の中でホッと息をつくが、次の瞬間、悔しそうにこちらを睨みつけているアメリアと目が合った。

　すると自分の中の闇の魔力が騒めき始め、ルーリアは思わずカルロスの腕を掴む。

「カルロス様……闇の魔力の気配がします」

「ああ」

　ルーリアの囁きにカルロスは頷き、すぐにエリオットに目配せした。

　どうしてもアメリアの様子が気になりながらも、ルーリアはカルロスの腕の中から、まだ立ち上がれないでいる老婆の元へと移動する。

「治癒をさせてください。嫌だとは思います。けどお願いです、少しだけ我慢してください。そして痛みが引いたら、皆さんと一緒にすぐにこの広場を離れて。周囲に闇の魔力を感じます」

　老婆の前に膝をついて必死にお願いすると、老婆から温かな微笑みが返ってきた。

「若奥様……嫌なもんか。私はあなたの人柄が好きだ。ぜひお願いする」

　ルーリアは目に涙を浮かべて、老婆の腫れ上がった足首に両手をかざした。

（大丈夫。光の魔力を扱えるのだから、私にもできるわ。少しでも痛みを軽くできたらそれで良い）

前にレイモンドが治癒行為を行った時の姿を思い出しながら、ルーリアは光を操る。もちろん闇の魔力が大きく反応しないように、力を抑えての治癒にはなったが、心配そうにルーリアと老婆を見守っていた人々は、徐々にルーリアの強い魔力に圧倒され始める。

それはディベルやクロエラ、そしてアメリアも同様だった。

輝きが消え、ルーリアが息を吐くと同時に、先ほどまで立てなかったのが嘘のように、老婆が軽々と立ち上がる。

「ありがとう……さあみんな若奥様の言葉に従って、ここを離れよう！」

老婆はそう声をかけて、周囲にいる者たちを引き連れるようにして広場を離れていく。

一気に騎士団員の姿が目立ち始めるが、その場から動かない者もやはりいる。ルーリアがどうしようと困惑しながら人々へ目を向けた時、足早に広場に入ってきたケントがエリオットにこそっと報告し、何かを手渡した。

そこでエリオットはニヤリと笑って、ディベルに向かって動き出す。

「先ほど部下が、アズター・バスカイルの元を訪ねまして、ひどい怪我をされているのを発見しました。あなたがやったのですよね」

「なんのことだ」

「それから、個人の尊厳を無視した一方的な能力の搾取は禁じられています。ルーリアさんの件は、これからたっぷり調べさせていただきますね」

ディベルは思わず顔を背けるが、エリオットは容赦なく話し続ける。

「まだありますよ。魔法薬の取り引きの公正さを疑う声が続々と寄せられていまして、あなた方が最近売りに出した魔法薬の価値が金額と見合っているかどうかを、魔力量を測定し調べさせていただきますね。虹の乙女とやらがどの程度の能力か楽しみだな」

エリオットの最後のひと言でアメリアの目に黒い影が生まれる。

「……なぜ私を苦しめるの……私は虹の乙女……みんなから敬われる存在であるはずなのに！」

荒々しく思いを吐き捨ててから、アメリアは両腕で自分の体を抱き締め、苦しそうに顔を歪めた。

「アメリア、駄目。力を抑えて！」

ルーリアはたまらず声をかけたが、しかし、アメリアの耳には届いておらず、その体からゆらりと黒い影が立ちのぼる。

その力に刺激されたかのように、一体、また一体と、黒精霊が広場に姿を現す。そしてどこからともなく現れた穢れ者に、人々から悲鳴が上がった。

「バスカイルは光の魔力で有名だろ！　虹の乙女だと言うなら、こいつらをどうにかしてくれ！」

誰かがそんな言葉を投げつけてくるが、アメリアの体は大きな影に飲み込まれ、やがて目も黒く染まっていく。

アメリアは近くにいた男性へと尋常じゃない力で襲い掛かっていき、「穢れ者たちを取り押さえろ！」というエリオットの指示で、アメリアを穢れ者と判断した騎士団員たちが取り押さえにかかる。

「バスカイル家は妹も闇の魔力を宿しているじゃないか！　もしかして一族全員、闇の魔力に通じているんじゃないだろうな」

「そんな訳あるか！　バスカイル家は光の魔力の名家だぞ！」

男性から詰め寄られたディベルは唾を飛ばしながら言い返し、クロエラは「アメリア、正気に戻って！」と騎士団員を押し退けるようにしてアメリアへと近づいていく。しかし、アメリアは呼びかけに反応せず、クロエラの腕に爪を立てて加減なく引っかいた。

クロエラの悲鳴が上がる中、ルーリアは自分ににじり寄ってくる黒精霊へと警戒の眼差しを向ける。

「エメラルドの姿は見当たらないな。どこにいる」

カルロスの呟きを耳にし、ルーリアも周囲を見回すが、やはりヴァイオレットそっくりの姿は見つけられない。

『あなたにも闇の魔力に蝕まれた者たちを救う存在になってもらうはずだった』

不意にヴァイオレットの言葉を思い出し、ルーリアは黒精霊たちへと視線を戻した。すると、黒精霊たちの姿が今までと違うものに見えてくる。

「もしかして、私を捕らえて襲おうとしているのではなく、助けを求めている？　みんな元は普通の精霊のはずで、自我をなくしているように見えるけれど、心の奥底にはまだ残っていて、元に戻りたくて私に助けを求めているとしたら」

そこまで言って、ルーリアはカルロスと視線を通わせてから、自分の中に確かに生まれた気持ちを少し緊張気味に言葉にした。

「光の魔力でみんなの闇を祓ってあげたい。私にできるでしょうか」

「ヴァイオレットから祝福を受けているんだ。ルーリアならできる」

カルロスの力強い微笑みと、信じてくれているとわかる眼差しに、ルーリアは勇気をもらう。

そして、ヴァイオレットが初めてルーリアたちの前に姿を見せた時にそうしたように、ルーリアも胸元で手を組み、目を瞑った。

（みんな、元に戻って……！）

ルーリアの中で光の魔力が膨れ上がり、一気に光を放出し広場を浄化する。穢れ者たちはその場に倒れてのたうちまわり混乱状態に陥っているが、彼らと比べて黒精霊たちは取り乱すこともなく粛々《しゅくしゅく》と浄化を受け入れるように立ち尽くしている。

力を増幅させたことで闇の魔力も反応し膨らみ、ルーリアもアメリアのように体から影が滲み出てくる。大きく息を吐き、額から汗を滴り落としているルーリアの背にカルロスが手を添え光の魔力を分け与えると、徐々にルーリアの状態が安定していった。

「大丈夫か」

「はい、なんとか。でもそんなに戻してあげられませんでした」

「仕方ない。魔力を抑えながらでは、ヴァイオレットのようにいかないはずだ」

黒精霊の何体かは闇の魔力を払い除け、元の姿へと戻すことができた。しかし他の多くは闇の力を弱めた程度だ。

元に戻れた精霊たちが慌てふためいて逃げていく様子を見つめていると、ジャラリと鎖の音が響き、ルーリアはハッと息をのむ。

「カルロス様‼」

「ああ。捕まえるぞ！」

噴水のそばに、ようやくエメラルドが姿を現した。エリオットとも視線で意思疎通を図るカルロスと共に、ルーリアは噴水へと向かって歩き出す。

しかし、三歩進んだところで、黒い外套を着て目元を仮面で隠した三人の男が行く手を遮るように現れた。

真ん中の男が手をかざし、ルーリアたちに向かって蛇に似た影を飛ばしてくる。すぐさま、カルロスが剣を抜き、難なく影を切り裂いた。

両脇の男たちも同様に闇の魔力を発動させ、それを受けた穢れ者が凶暴性を増していく。

アメリアも自分を捕らえていた騎士団員を突き飛ばし、同時に団員から剣を奪い取ると、周りの人々へと斬りかかっていく。

そして闇の力に捕まったクロエラも穢れ者へと変わろうとしていて、ディベルはもうここにはいられないとばかりに広場からひとり逃げていく。その様子を仮面越しに見ていた男は呆れたように鼻で笑った。

「どうせお前らが殺すと思っていたから放っておいたのに、使えない奴らだ。おい、今ここで、ルーリア・ジークローヴを殺せ。その能力は目障りだ」

声音から、仮面の男はルイス・ギードリッヒで間違いない。ルイスに命じられ、アメリアはルーリアに向かって一直線に走り出し、がむしゃらに剣を振り上げる。

「俺にはお前らが目障りだ」

ルーリアに襲いかかってきたアメリアの手から、カルロスは難なく剣を弾き飛ばす。そのまま風の魔力でアメリアを吹き飛ばす。アメリアは壁にぶつかりようやく気を失う。

「十年前の復讐を始めようか」

カルロスが剣先をルイスに定めて宣戦布告すると、ルイスの魔力の流れを見極めるように目を細めた後、「外道が」と苛立たしげに吐き捨てる。

ルイスと他の男たちの魔力の核と、途中で切れているように見えていたエメラルドの足の鎖とが魔力で繋がっている。そして魔力はエメラルドから三人へと流れていることから、小さな体から大量の魔力を引き出しているのは明らかだった。

「復讐だと？　お前も同じくらい目障りだ。今度こそ殺してやろう。この国を我々の国とするために、邪魔者はすべて消す」

「やれるもんならやってみろ」

楽しそうに口元を綻ばせているルイスへカルロスは呟き、素早い動きでルイスに斬りかかっていく。

ルイスも剣を抜いて応戦するが、やはりカルロスの鋭い太刀筋に押され気味となり、さらにエメラルドから魔力を得る。

「やめろ！」

カルロスの怒りの一撃がルイスの仮面を斬り落とし、そばかすのあるその顔を露わにした。ちょうど時を同じくして、残りふたりのうちのひとりと鍔《つば》迫り合いをしていたエリオットが力で押し勝ち、地面へと倒れた男に馬乗りになり、仮面を奪い取る。

「お前は……ドルミオ・ギードリッヒだな」

その名を口にすると、父親のドルミオは焦るどころかニヤリと不敵に笑ってみせた。エリオットは不愉快そうに顰めた顔をカルロスの方へ向ける。

「そっちはルイス・ギードリッヒ。父に弟ときたら、残ったひとりは兄のトイロスか。他の面子も近くにいるはずだ。捜し出して捕えろ！」

エリオットが声高に叫ぶと、彼に捕らえられているドルミオの目が漆黒に染まっていったのにカルロスは気づき、すぐさまエメラルドに駆け寄り、剣を振った。

すると、エメラルドの足枷となっていた鎖が切れて地面に散らばり、その数秒後、エメラルドも力を失ったように、地面へ落ちていった。

「お前！」

ルイスは怒りに震えながらカルロスを睨みつける。カルロスはエメラルドと三人の間にある魔力の流れを断ち切ったのだ。そのため、黒精霊や穢れ者の動きも一気に鈍くなる。

ルイスは怒りと共にカルロスに闇の魔力で襲いかかる。手のひらから放たれる髑髏《どくろ》や死神のような姿をした影がカルロスへ勢いよく向かっていくが、カルロスは冷静に見極め、見事な剣捌きで閃光を発しながらそれらを打ち破る。

「悪趣味だな」

面白くなさそうにカルロスが呟くと、ルイスは苛立ちを露わにした後、何かに気づいてニヤリと笑った。

「……良いのか。愛しい彼女が死ぬぞ」

ハッとして振り返ったカルロスの目に、穢れ者と化したクロエラに掴み上げられているルーリアの姿が映り込む。

慌てて駆け寄ろうとしたカルロスに、ルーリアは必死に声を振り絞る。

「大丈夫です。私も一緒に戦います……カルロス様は……エメラルド様を助けて！」

言い終えると同時に、ルーリアは光の魔力で闇の魔力に染まったクロエラを押さえ込もうとするが、すぐにクロエラが嫌がるようにしてルーリアから距離を置いた。

ルーリアの本気を受け取り、カルロスはエメラルドの元へと駆けて行く。噴水のそばでぐったりと横たわっているエメラルドは蠢く黒い影で覆われているが、カルロスは躊躇いもなく、抱き上げようと手を伸ばす。

しかし、触れるその寸前で、後ろから迫ってきた刃を避けるべく、機敏に身を翻した。

「なんだ、この精霊が欲しいのか。それは無理だな。こいつの力を使わないと一度に大勢の手下を動かせない」

エメラルドを乱暴に掴み上げたトイロスは自ら仮面を外し、投げ捨てた。

「でもこの際仕方ない。お前が動けばこいつを殺す……そこのお前も父上から離れろ！」

トイロスがエメラルドの首元に剣を突きつけたのを見て、カルロスは要求通り動きを止めた。そこのお前と指定を受けたエリオットもすぐに状況を判断し、抑えつけていたドルミオから距離を置く。

トイロスはルイスとドルミオに目配せした後、その場から逃げるようにゆっくりと後退したが、突然、大きく叫び声を上げて、右肩を押さえてその場にうずくまった。

トイロスが放り出したエメラルドはステイクがしっかりと抱えていて、そのトイロスの体の上には短剣を持ったセレットがいた。

「精霊⁉　兄貴に何をした‼」

ルイスが声を震わせながらセレットに問いかけると、セレットは冷たい眼差しでルイスを見つめる。

《魔力の核を壊した。こやつはもう魔法を使えない……カルロス、何をぼやぼやしている。さっさとやってしまえ》

唖然としているルイスからカルロスへと、セレットは視線を移動させ、促すように顎をしゃくった。

咄嗟にルイスは後退りし、逃げ出そうとするが、素早くカルロスに先回りされ、足を凍らせられると同時に、その場に倒される。

「闇の魔力を使う者は誰ひとり逃がさない」

続けて、カルロスはルイスの肘も手も凍らせ動けなくすると、手のひらに存在する魔力の核を見極め、一気に剣を突き立てた。

騎士団員たちがアメリアやクロエラだけでなくギードリッヒ家の三人も捕縛するべく一斉に動き始める横で、ステイクはエメラルドの体を起こして支えると、ルーリアの作った回復薬を飲ませた。

《エメラルド様、しっかりしてください》

エメラルドを包んでいた影が少しずつ引いていくと、程なくしてエメラルドの目が開く。そして、ルーリアに向かって手を伸ばして何かを唱え、気絶した。

その瞬間、ルーリアはハッとし、エメラルドの方を振り返る。胸に手を当てて、自分の中から闇の魔力が消え去ったのを感じ取ると、目の前にヴァイオレットが現れた。

《ルーリア！》

「私、闇の魔力が」

《そうよ。エメラルドが祝福を解除してくれたわ。一掃するわよ！》

祝福の破棄は、授けた時の倍の寿命を削ると聞いていた。自分の命も危険な状況で、躊躇いなくそれを行ったエメラルドをルーリアは驚き見てから、表情を引き締めてヴァイオレットと向き合い、互いの両手をぴたりと重ね合わせた。

ルーリアとヴァイオレットが目を瞑ると、ふたりの魔力が混ざり合い、一気に膨れ上がっていく。光は広場全体に広がり、温かな風を巻き起こしながら弾け飛んだ。

穢れ者や黒精霊たちから闇の魔力が取り払われ、元の彼らへと戻っていく。怪我を負った人々は傷が癒えて唖然としている。

そんな中、ルーリアとヴァイオレットは目を開け、見つめ合い、笑顔を浮かべた。

心配そうに少し離れたところから広場の様子を窺っていた老婆が慌てて戻ってきて、漂う光がキラキラと七色に輝いているのに気がつくと、「虹の乙女だ」とにこやかに呟いた。

　それから一ヶ月が経った。

　カルロスと一緒にエリオットの執務室を訪れたルーリアは、エリオットに頭を下げた後、微笑みかけた。

「ありがとうございました。父が、先日病院から家に戻りました。これからは自分たちで生成した魔法薬を必要としている人たちに無償で配って、少しずつ罪を償っていくと言っていました。これでも昔は、俺の作った魔法薬だってそれなりに評判だったんだぞって、父が母に言って、ふたりで笑っていました」

　アズターのお見舞いに行けたことで、これまでずっとジェナが一族から爪はじきにされていたことも知ることとなった。もちろんそれはルーリアが黒精霊から祝福を受けたことが原因であり、ジェナはディベルの屋敷に近づくことすら許されなかったのだ。

　たとえもうひとりの娘が〝虹の乙女〟であっても虐げられ、自分と同じ期間、母も日陰の生活を強いられてきたのだとわかり、ルーリアは病室で大粒の涙をこぼしたのだ。

「そうか」とエリオットは笑顔を浮かべ、ルーリアをじっと見つめるが、そんな視線を遮るように、冷めた顔のカルロスがふたりの間に割って入ってくる。

「ギードリッヒ一家の牢獄への収監手続き、早急にお願いします」

　残りの他の者たちも、翌日には全員見つけて捕まえたと、ルーリアはカルロスから聞いている。そしてルイスは兄同様に、カルロスの手によって魔力の核を壊され、魔法が使えなくなったと教えてもらった。

これまで様々な魔法を操り恩恵を受けてきた者にとって、魔法が使えない状態は苦痛でしかない。しかも、収容先はアーシアンよりさらに北に位置し、極寒の地にある脱出不可能な牢獄として知られているところで、生きて出られることはないだろう。

「ルーリアさんには本当に助けてもらっているな。それに見合った給与を与えなければいけないと思っているし、実際、そういう声も上がっている。騎士団の職員として籍を置いてしまったらどうだろう。レイモンドのように」

ルーリアはあの後から、なかなか自我を取り戻せない黒精霊や穢れ者だった者たちが早く元に戻れるように、治癒や浄化の手伝いを精力的にしているのだ。

エリオットはすぐに提案に乗ってくるだろうと踏んでいたが、予想に反し、ルーリアは表情を曇らせる。

「お話はありがたく、光栄なのですが……今の自分にはまだ抵抗があって、全員と平等に向き合って治癒を行えない状態です。だから仕事としてお引き受けするのは難しく、……ごめんなさい」

歯切れの悪い言葉を並べたが、エリオットにはルーリアの言葉の意味するところはしっかりと理解できていた。

アメリアとクロエラは、まだ自我を取り戻せていない。そのため、他の穢れ者たちと同様に、騎士団の詰め所の地下牢に収容されている。ルーリアは何度かそこに足を踏み入れているため、最奥に位置する牢屋の中で怒鳴り声を上げるふたりの姿を目にしているが、その度に昔を思い出してしまい体の震えが止まらなくなるのだ。

穢れ者にならずに済んだディベルが、一度だけジークローヴ邸を訪ねてきて、「戻してやってくれ」と頼み込んできたこともあり迷いはしたが、ルーリアはやっぱりふたりと向き合うことができないでいる。

「構わないよ。あのふたりの優先順位は俺の中でも低いから。職員として働くことを前向きに考えてくれ」

食い下がられて、ルーリアが困り顔になってしまったため、カルロスが話の流れを変える。

「伯父には警戒しておいた方がいいです。わずかに魔力の核に闇の魔力があるのを感じられた。新しい闇の魔力の使い手を生むことだけは避けたい」

ディベルはまだ自分の屋敷で暮らしているが、もちろんこれまで通りではいられない。悪事が明るみになったことで、怒りの形相で屋敷に踏み込んでくる者もいれば、町を歩いている際に後ろ指をさされることも多い。召使いたちも次々と去り、屋敷も荒れ始めている。高慢さが邪魔して一からやり直すこともできず、酒びたりの生活へと落ちてしまっていた。

「わかった」とエリオットは返事をしてから、時々視線を通わせながら寄り添うように立っているカルロスとルーリアを見つめて、柔らかく笑う。

「それにしても、ここにお前が婚姻契約書を持ってきた日が懐かしく感じるな」

そう言われて、ルーリアもアズターに連れられてカルロスの元へと向かったあの夜を思い返す。ずいぶん昔のことのようにも思えてきて、自分の人生が一変した大切な思い出として胸を熱くし、口元を綻ばせる。

「結婚式はいつなんだ。それとも子供が先か？」

「用は済んだので失礼します」

ニヤリと笑ったエリオットからの質問に、カルロスは真顔となり、ルーリアの手を掴んで執務室を後にした。

すれ違う騎士団員たちから挨拶を受けつつ、のんびりとした足取りでふたりは騎士団の詰め所を出た。

今日は屋敷からここまで歩いてきたため、町の様子を眺めたり、店からふわりと届いた美味しそうな匂いにつられて寄り道したりしながら、やがて木漏れ日の模様を綺麗に浮かび上がらせた小道へと手を繋いだまま入っていく。

（いつまでもこうして、カルロス様と一緒にいたい）

心から強くそう願い、ここ一ヶ月、心の中で渦巻いている不安に終止符を打つべく、ルーリアは足を止める。

「カルロス様！」

意を決してルーリアがカルロスと向き合うと、カルロスも同じような神妙な面持ちでルーリアを見つめ返す。

「私、もう闇の魔力はありません」

「わかってる」

「なくなったら、私を解放すると」

「確かに言った」

そこでルーリアは言葉を詰まらせた。「婚姻を解消しますか？」という問いかけも「そばにいさせてください」というお願いも、声がつかえてしまい言葉にすることができなかった。

カルロスは繋いでいる手だけではなく、もう片方の手も繋ぎ合わせて、ただ真っ直ぐルーリアだけを瞳に映す。

「すまないルーリア……約束は守れない。俺はこの手を離したくない……このまま俺の妻でいてくれないか？」

贈られた言葉だけでなく、カルロスが渡してきた物を目にし、ルーリアは目に涙を浮かべた。

「お母様のネックレスを見つけ出してくださったのですね」

「ケントにも手伝ってもらったけどな」

「ありがとうございます」

ルーリアは声を震わせて感謝を伝えた後、改めてカルロスを見つめた。

「私も、温かくて大きなカルロス様の手を離したくありません」

ポロポロと目から涙がこぼれ落ちるのもそのままに、ルーリアはカルロスに笑いかけた。

「カルロス様を心からお慕いしております。いつまでもあなたの妻でいさせてください」

手を離して、涙で濡れたルーリアの頬を、カルロスは指先で拭ってから、焦がれる気持ちを込めるように優しく囁きかけた。

「好きだよ、ルーリア」

少しの躊躇いの後、カルロスはゆっくりとルーリアに顔を近づけていく。触れた唇はとろけるように熱く、もう留めておけない互いの気持ちを伝え合うように、繰り返し重なり合う。

柔らかな心地よさと甘美な熱、高鳴る鼓動までもが溶け合って、ひとつになる。そんな感覚を抱いた時、すぐ近くの茂みがガサガサと大きく揺れた。

《きゃーーーっ！　見てみて、エメラルド！》

そこから顔を出したのはヴァイオレットとエメラルドとステイクの三体で、ヴァイオレットは目を輝かせ夢見心地な様子で、他二体は気まずさいっぱいの表情で、ふたりを見ていた。

エメラルドはあれから二週間後に、ルーリアたちの元に姿を現した。救ってくれたお礼と回復の報告をすると、ルーリアは「元気になって良かった」とそっと小さな体を抱き締めた。

そしてエメラルドが回復すれば、ヴァイオレットの虚弱体質も一気に改善され、お転婆ぶりまで復活する。頻繁にルーリアの前に姿を見せるようになり、今はこうやってステイクとエメ

ラルドも巻き込んで、町に出て遊びまわるまでになった。

《これは、セレットにも報告しなくちゃね！》

声高に宣言すると、ヴァイオレットは茂みを飛び出し、屋敷に向かって飛んでいく。すぐさま「やめろ！」と声を上げたカルロスへと残された二体は苦笑いを浮かべつつ、ヴァイオレットを追いかけるようにして飛び立った。

カルロスは気恥ずかしそうに頭を抱え、ルーリアは顔を真っ赤にしてしばし固まっていたが、顔を見合わせると自然と笑顔になる。

「帰ろう」

「はい！」

しっかりと手を繋ぎ直してから、ふたりは共に歩き出す。

ふたりが進む木漏れ日の小道は、普段つけていなかった結婚指輪を当たり前につけるようになる日々へ。

多くの人々に祝われる中、結婚式が執り行われる半年後へ。

そして、幸せに満ち溢れた未来へと、限りなく続いていく。


〈END〉

あとがき

『私を殺すはずの公爵様に嫁いだら、なぜか溺愛が待っていました〜妹に全てを奪われた令嬢の幸せな結婚〜』

お手に取ってくださった皆様、本当にありがとうございます！

ベリーズファンタジーではありがたいことに何作か出させていただいておりますが、ベリーズファンタジースイートからは初めてで緊張しております。（カラーで口絵付きですって！）

もともと恋愛模様を書くのが好きでして、不器用に互いを想い合っていく様子を楽しく書かせていただきました。

作品の雰囲気的に、笑えて楽しい！といった感じではないかもしれませんが、ルーリアと一緒にカルロスにドキドキしていただけたら嬉しいなと思います。ドキドキ。

そう言えば今回の作品、前半にカルロスの視点も入れてあります。

ヒーロー側の視点って、今まであまり作品に入れることがなかった気がして（ＷＥＢではあります）、こういうのも新鮮だなぁと思いながら書籍化の作業をしていたのですが……他にもしっかりありました！　なんで忘れてた！

スターツ出版文庫、『冷酷な鬼は身籠り花嫁を溺愛する』でも書いておりました。ヒーロー視点。それでこちらなんと、続きの二巻目が今作と同月発売となります。二巻目でもしっかりヒーロー視点書いてます。和風あやかしファンタジーです。良かったら、こちらもよろしくお願いします。（宣伝）

今作、イラストは成瀬《なるせ》あけの先生にご担当いただきました！　素晴らしく麗しいルーリアとカルロスをありがとうございます！

担当様を始め、今作にお力添えをくださった皆様に、心よりお礼申し上げます。

そして何より、この本を読んで下さった皆様に、大きな感謝を。ありがとうございます。ほんの少しでも夢中になってもらえたら幸いです。

それでは、またお会いできることを願って……。

真崎《まさき》奈南《なな》

私を殺すはずの公爵様に嫁いだら、なぜか溺愛が待っていました
～妹に全てを奪われた令嬢の幸せな結婚～

2024年4月5日　初版第1刷発行

著　者　真崎奈南

発行人　菊地修一

発行所　スターツ出版株式会社

〒104-0031　東京都中央区京橋1-3-1　八重洲口大栄ビル7F
TEL　03-6202-0386（出版マーケティンググループ）
TEL　050-5538-5679（書店様向けご注文専用ダイヤル）
URL　https://starts-pub.jp/

印刷所　大日本印刷株式会社

ISBN　978-4-8137-9324-3　C0093　Printed in Japan

[真崎奈南先生へのファンレター宛先]
〒104-0031　東京都中央区京橋1-3-1　八重洲口大栄ビル7F
スターツ出版(株)　書籍編集部気付　真崎奈南先生

BF

ベリーズファンタジー 大人気シリーズ好評発売中！

葉月クロル・著

Shabon・イラスト

ねこねこ幼女の愛情ごはん ～異世界でもふもふ達に料理を作ります！4～

1～4巻

新人トリマー・エリナは帰宅中、車にひかれてしまう。人生詰んだ…はずが、なぜか狼に保護されていて⁉　どうやらエリナが大好きなもふもふだらけの世界に転移した模様。しかも自分も猫耳幼女になっていたので、周囲の甘やかしが止まらない…！　おいしい料理を作りながら過保護な狼と、もふり・もふられスローライフを満喫します！シリーズ好評発売中！

BF

毎月5日発売

Twitter

@berrysfantasy

しあわせ食堂の
異世界ご飯
①～⑥
ぷにちゃん